BASTEI LÜBBE

GEISTERJÄGER

JOHN SINCLAIR

Jason Dark

WOLFS-TRANK

Horror-Roman

BASTEI LÜBBE

BASTEI LÜBBE TASCHENBUCH
Band 73 248

1. Auflage: Dezember 2001

Vollständige Taschenbuchausgabe

Bastei Lübbe Taschenbücher
ist ein Imprint der
Verlagsgruppe Lübbe

Originalausgabe

Titelillustration: Sanjulian / Bassols, Barcelona
Umschlaggestaltung: QuadroGrafik, Bensberg
Satz: Heinrich Fanslau, EDV & Kommunikation, Düsseldorf
Druck und Verarbeitung:
AIT Trondheim SA, Norwegen
Printed in Norway
ISBN 3-404-73248-0

Marlene King öffnete leise die Zimmertür ihrer Enkelin. Es war schon spät geworden, und das Licht brannte nicht mehr. Trotzdem war es nicht völlig dunkel. Durch die Fenster stahl sich der helle und kühle Schein, wie es nur von einem vollen Mond stammen konnte. Er verlieh dem Zimmer einen gewissen Glanz, mit dem sich die ältere Frau allerdings nicht anfreunden konnte.

Lucy King lag im Bett. Sie hatte sich auf die Seite gedreht und schaute zum Fenster hin. Ihre Großmutter wusste genau, dass sie nicht schlief, dennoch stellte sie mit flüsternder Stimme die Frage.

»Du schläfst noch nicht, Darling?«

»Nein ...«

»Warum nicht?«

»Keine Lust.«

»Bitte, Lucy, das glaube ich dir nicht. Es ist fast Mitternacht. Da solltest du dir wirklich den Schlaf gönnen, den ein junger Mensch wie du braucht.«

»Ich bin schon zwölf. Vergiss das nicht!«

»Eben, Lucy, das habe ich nicht vergessen. Ganz und gar nicht. Ich weiß selbst, was Kindern in deinem Alter gut tut.«

Lucy legte eine Pause ein. Von ihr war nur der Kopf mit den dunkelblonden Haaren zu sehen. Ansonsten hatte sie die Decke bis zum Kinn hochgezogen.

Marlene ging näher und setzte sich auf die Bettkante. Dort atmete sie seufzend aus. Sie wollte ihrer Enkelin über das Haar streicheln, doch mit einer schnellen Bewegung drehte sich Lucy auf den Rücken und schaute der Großmutter ins Gesicht.

»Er war wieder da!«

Marlene King zuckte leicht zusammen. Sie wusste genau, wen Lucy damit gemeint hatte, dennoch schüttelte sie den Kopf.

»Du glaubst mir nicht?«

»Wer war da, Kind?«, fragte sie sanft.

»Eben er – der Wolf!«

Marlene King atmete tief ein. Es war nichts Neues für sie, dass ihre Enkelin darüber redete. Das hatte sie in den letzten Tagen öfter getan. Nur wollte Marlene King dies nicht akzeptieren, und sie schüttelte den Kopf.

»Warum glaubst du mir nicht, Großmutter?«

»Weil es keine solchen Wölfe gibt, Kind. Du hast ihn dir eingebildet, glaube mir.«

»Nein, das habe ich nicht. Es gibt sie, ich weiß das. Ich weiß das ganz genau.«

»Bitte, Kind, das ist doch Unsinn. Dieser Wolf existiert nicht. Du musst dich endlich mal davon lösen. Immer wieder sprichst du davon, aber das kann ich nicht akzeptieren. Hör auf damit. Sonst verrennst du dich noch in etwas.«

»Ich weiß es besser. Er will, dass ich zu ihm komme. Ich soll in den Wald.«

»Nein, das ist . . .«

»Ich spüre das, Großmutter. Er ist kein normaler Wolf. Er ist etwas ganz anderes. Ein menschlicher Wolf.« Sehr ernst schaute sie der älteren Frau ins Gesicht, und Marlene King konnte nicht anders, sie musste plötzlich lachen.

Das wiederum gefiel Lucy nicht. Sie senkte den Kopf und ballte die Hände zu Fäusten, während sie vor sich hinflüsterte und ihrer Großmutter dabei widersprach.

»Wölfe wie du sie gesehen hast oder meinetwegen auch nur einen Wolf, die oder den gibt es im Märchen. Du erinnerst dich doch an die Rotkäppchen Geschichte. Als du noch kleiner gewesen bist, habe ich sie dir oft genug vorgelesen.«

»Ja, das weiß ich.«

»Märchen, Kind.«

»Er war trotzdem hier.«

»Und jetzt ist er weg, nicht?«

Lucy setzte sich noch aufrechter hin und schüttelte den Kopf. »Nein, wer sagt denn so etwas? Er ist nicht weg. Er ist noch da. Ich spüre es.«

Marlene King lachte leise. »Wenn es so wäre, dann müsste ich ihn doch auch gesehen haben. Aber er ist mir nie über den Weg gelaufen. Und ich wohne schließlich auch hier.«

»Er ist da!«, behauptete das Mädchen.

»Wo denn?«

»Am Fenster!«, behauptete Lucy.

Marlene drehte den Kopf. Sie wollte ihrer Enkelin den Gefallen tun, blickte hin, sah den viereckigen Ausschnitt und das Lächeln auf ihrem Gesicht zerbrach.

Was sie sah, war unglaublich.

Zwei gelbe Raubtieraugen starrten von außen her durch die Scheibe in das Kinderzimmer!

Marlene King war nicht auf den Mund gefallen. Aber es gab Momente, da verschlug es selbst ihr die Sprache, und einen derartigen Moment erlebte sie. Wie erstarrt saß sie auf der Bettkante. Das Blut wich aus ihrem Gesicht.

Es gab die Augen, und es gab den Kopf!

Sie konnte es drehen und wenden wie sie wollte. Es war der Schädel eines Tieres. Allerdings sah sie seine Umrisse nur schwach. Trotzdem hatte sie ihn sich nicht eingebildet. Andererseits konnte sie einfach nicht daran glauben. Es gab keine Wölfe mehr in England, und der Kopf hinter dem Fenster musste einem Hund gehören, den ihre Enkelin mit einem Wolf verwechselt hatte.

Ruhig!, sagte sie sich. Du musst ganz ruhig bleiben. Du kannst dir nicht erlauben, durchzudrehen. Du musst jetzt zeigen, dass du erwachsen bist, und dem Tier da draußen Paroli bieten. Es ist kein Wolf. Es ist ein Hund. Ein verdammter streunender Hund, nicht mehr.

Aber besaß ein Hund diese Augen, die so gelb waren? Darin steckte etwas. Ein kaltes Feuer, etwas Unheimliches, das trotz der Kälte brannte.

Das Tiergesicht bewegte sich nicht, sodass ihr schon der Verdacht kam, dass es sich um einen künstlichen Kopf handelte. Er starrte in das Zimmer, und Marlene King konnte sich beim besten Willen nicht vorstellen, welche Botschaft da transportiert wurde. Seine Schnauze stand halb offen, und die Zunge war vorgeschoben. Sie sah jetzt auch das Fell, dass ihr sehr dunkel vorkam, obwohl es eigentlich grau war, wie bei den meisten Wölfen. Aber die waren ausgestorben. Es gab sie nicht mehr in diesem Land. Vielleicht im Osten Europas, aber nicht in England. Hier nur im Zoo oder in den Freigehegen.

Das brachte sie auf eine Idee. Es konnte sein, dass aus einem Zoo oder Tierpark ein Wolf ausgebrochen war und sich nun eine neue Umgebung suchte. Das würde den Besuch erklären. Auf der anderen Seite hätten die Behörden die Menschen warnen müssen, wenn diese Dinge passierten, aber auf sie konnte man sich auch nicht verlassen, wie man anhand der Seuchenmeldungen erlebt hatte.

»Siehst du ihn auch, Großmutter?«

»Ja«, flüsterte Marlene.

»Er ist echt geil, nicht?«

»Hör auf, Lucy, sag so etwas nicht. Es ist schlimm genug, dass er sich in unserer Nähe aufhält. Da will ich das nicht hören. Wir werden die Polizei rufen müssen. Das Tier muss wieder eingefangen und an seinen Platz gebracht werden.«

»Niemand kann ihn fangen!«

Marlene King war von dieser Bemerkung so überrascht, dass sie das Tier vergaß und ihre Enkelin anschaute. »Wie kannst du so etwas sagen, Lucy?«

»Weil ich es weiß.«

»Woher?«

»Er hat es mir gesagt. Er hat mir mitgeteilt, dass ihn niemand fangen kann, wenn er es nicht will. Ja, Großmutter, so ist das. Ich habe dir schon mal gesagt, dass er etwas Besonderes ist. Für mich ist er ein Freund. Ich spüre ihn genau. Er ist keine Bestie, er ist einfach megageil.«

»Hör auf, das will ich nicht hören.«

Lucy ließ sich nicht beirren. »Ich mag ihn. Ich habe keine Freunde, aber er ist einer.«

Marlene erschrak über die Bemerkung. »Was willst du denn damit sagen, Lucy?«

»Das weißt du doch, Großmutter. Ich habe keine Angst vor ihm. Ich kann sogar mit ihm sprechen, denn er ist kein echter Wolf, sondern zugleich noch ein Mensch. Für mich ist er beides. Auf der einen Seite Mensch, auf der anderen Wolf.«

Marlene King sagte nichts. Sie wusste einfach nicht, was sie davon halten sollte. Sie war wie vor den Kopf geschlagen. So kannte sie ihre Enkelin nicht. Bisher hatte sie Lucy immer für ein normales Kind gehalten, das musste sie jetzt revidieren. Lucy war kein normales Kind. Sie hatte sich in etwas verrannt, das niemand nachvollziehen konnte, und wenn sie so sprach, dann fürchtete sich Marlene beinahe vor ihrer Enkelin.

»He, Großmutter, was schaust du mich so an? Was hast du?«

»Nichts, Kind, nichts.«

»Doch, du willst doch etwas sagen.«

»Später.«

Lucy lächelte und fragte: »Kannst du mich denn nicht verstehen, Großmutter? Es ist eben alles nicht so, wie du es dir vorstellst. Manchmal ist das Leben richtig verrückt. Ich finde es toll. Ich mag den Wolf einfach.«

»Ja, das habe ich gemerkt«, gab die Frau zu und legte ihre Hand auf die ihrer Enkelin. »Aber du musst auch begreifen, dass ich anders darüber denke. Ich akzeptiere auch, das du den Wolf magst, aber ich frage mich, ob das im umgekehrten Fall auch so ist. Genau das glaube ich nämlich nicht.«

»Wie kannst du das sagen?«

»Erfahrungen, Kind.«

»Nein, Das ist aber nicht so. Du hast Unrecht, Großmutter, wirklich Unrecht. Der Wolf mag mich, und ich mag ihn.«

Marlene King war beinahe verzweifelt. Sie wusste nicht, wie sie ihre Ansichten dem Mädchen näherbringen sollte. Es schien zwischen ihnen eine Sperre aufgebaut worden zu sein. Zu unterschiedlich waren ihre Meinungen, und sie glaubte auch nicht, dass die beiden zu einem Konsens kommen würden.

Der Wolf war eine Tatsache, das wusste sie jetzt. Und sie wusste auch, dass er nicht länger in der Umgebung herumstreunen durfte. Dafür würde sie sorgen. Noch in dieser Nacht wollte sie sich mit der Polizei in Verbindung setzen, damit man sich auf eine Suchaktion vorbereiten konnte.

Das wollte sie auch ihrer Enkelin sagen, obwohl Lucy bestimmt sauer darüber war. Aber darauf konnte sie jetzt keine Rücksicht nehmen. Noch einmal schaute sie zum Fenster hin – und zuckte wieder zusammen, denn der Wolfskopf war verschwunden.

»Weg!« flüsterte sie, »er ist weg.« Sie wischte über ihre Augen, als wollte sie die letzten Reste des Spuks vertreiben. Das ist wirklich ein Hammer.«

Lucy schaute ebenfalls hin. Sie lachte dabei leise. »Er ist nicht mehr am Fenster, Großmutter, aber er ist noch da, das weiß ich genau. Der läuft nicht weg.«

Marlene King hatte jedes Wort verstanden. Sie schaute in das Gesicht ihrer Enkelin und erlebte, wie sich auf ihrem Körper eine Gänsehaut bildete. Sie glaubte Lucy, die überhaupt nicht mehr müde war, sondern sie aus sehr hellwachen Augen anschaute. Lucy war ihre Enkelin, sie hatte das Kind immer geliebt, und sie hätte alles für es getan. Jetzt allerdings lagen die Dinge anders. Da war ihr Lucy so fremd geworden, aber sie wollte es ihr nicht zeigen. Verkrampft lächelnd schaute sie das Kind an.

»Bitte, wir wollen jetzt nicht weiter darüber sprechen. Es ist bald Mitternacht. Morgen ist auch noch ein Tag. Ich muss auch ins Bett. Es ist besser, wenn du jetzt schläfst.«

»Aber ich habe Durst.«

»Ich hole dir ein Glas Wasser.«

»Nein, bitte nicht. Ich möchte selbst gehen.«

»Also gut, dann gehen wir gemeinsam.« Marlene King war froh, aufstehen und sich etwas bewegen zu können. Das längere Sitzen hatte sie steif gemacht.

Sie schuf Platz für die Enkelin und ließ dabei das Fenster nicht aus den Augen.

Der Wolf zeigte sich nicht. Marlene King wünschte

sich, dass es wirklich nur ein Albtraum gewesen war, aber dieser Wunsch würde wohl nicht in Erfüllung gehen. Es gab den Wolf, sie hatte sich nicht geirrt. So etwas bildete man sich nicht ein, und sie merkte wieder, dass sich auf ihren Handflächen Schweiß bildete. Der Stress war noch nicht vorbei. Er hatte sich nur verlagert.

Gemeinsam verließen Marlene und Lucy das Kinderzimmer. Nachdem ihr Mann gestorben war, bewohnte Marlene King das Haus allein. Es stand sogar recht einsam. Das war etwas für Naturfreunde, denn wenn sie an der Rückseite aus dem Fenster schaute, blickte sie auf den Wald. Es war ein sehr dichtes und auch dunkles Gebiet, das sich gut als Wolfsversteck eignete. Da konnte sich ein Tier wochenlang aufhalten, ohne entdeckt zu werden

Das Haus war etwas verwinkelt. Die Räume verteilten sich auf zwei Etagen, obwohl der Bau selbst nicht hoch war. So führten jeweils nur kleine Treppen zu den einzelnen Etagen hoch. Um in die Küche zu gelangen, mussten die beiden die Treppe nach unten nehmen, die aus drei Stufen bestand.

Die Küche lag in der Nähe des Eingangstür. Hier gab es noch eine kleine Toilette und einen Raum, den sich Marlene King als Arbeitszimmer eingerichtet hatte. Es gab dort zwar keinen Schreibtisch, aber in diesem Zimmer nähte und bügelte sie und schaute dabei hin und wieder fern.

Lucy folgte ihr in die Küche. Sie hatte vor dem Verlassen ihres Zimmers noch einen bunten Bademantel übergestreift und mit beiden Händen ihre lockigen Haare zurückgeschoben. Obwohl sie Durst hatte, kümmerte sie sich nicht um den Kühlschrank. Das überließ sie ihrer Großmutter. Sie trat stattdessen an das Fenster und schaute hinaus.

»Suchst du den Wolf, Lucy?«

»Ja.«

Marlene mischte Mineralwasser mit Orangensaft. »Er wird nicht mehr kommen, Kind. Er hat sich zurückgezogen. In dieser Nacht haben wir Ruhe vor ihm.«

»Vielleicht will ich das gar nicht.«

»Bitte?«

»Ja. Ruhe haben.«

»Aber das ist doch Unsinn.«

»Nein, warum?«

»Der Wolf ist gefährlich.«

»Nicht für mich.«

»Doch, auch, mein Kind. Das ist kein Mensch. Das ist auch kein Hund, und demnach ist es auch kein Spielkamerad für dich. Wann wirst du das endlich begreifen?«

»Du irrst dich, Großmutter. Ich sehe das alles ganz anders. Tut mir Leid, wenn ich dir das sagen muss. Ich habe mich von deinem Denken befreit. Er ist ein Freund. Er hat mich schon oft besucht, und er will, dass ich zu ihm komme.«

Marlene stand in der Küchenmitte. Sie hielt das gefüllte Glas in der rechten Hand und hatte große Mühe, es festzuhalten, denn sie zitterte nach diesen Worten. Sie war bleich geworden.

»Wie kannst du so etwas nur sagen, Kind?«

Lucy nahm ihr das Glas aus der Hand. Sie trank in kleinen Schlucken. Erst als sie den ersten Durst gelöscht hatte, gab sie eine Antwort. »Weil ich es weiß. Ich habe dir doch gesagt, dass er nicht nur ein Wolf ist, hinter ihm steckt noch jemand.«

Marlene King war perplex. So hatte sie ihre Enkelin noch nie gehört. »Was denn? Was soll dahinter stecken?«, flüsterte sie. »Kannst du mir das sagen?«

»Ja, gern. Ein Mensch. Er ist nicht nur Wolf. Er ist Mensch und Wolf zugleich.«

Marlene schwieg. Sie war einfach nicht mehr in der Lage, eine Antwort zu geben. Was sie gehört hatte, kam ihr unfassbar vor. Ein Wolf war ein Wolf, und ein Mensch war ein Mensch.

»Warum sagst du nichts, Großmutter?«

Marlene schluckte. »Was ist nur los mit dir, Kind? Himmel, ich kann es nicht begreifen.«

»Nichts ist los. Ich bin normal.«

»Nein, das bist du nicht. Du bist nicht mehr die Lucy, die ich kenne. Es muss etwas anderes sein. Bisher habe ich dich immer verstanden. Deine Eltern sind für zwei Jahre ins Ausland gegangen, und ich habe dich gern aufgenommen. Du bist in meinem etwas langweiligen Leben so etwas wie der Sonnenschein gewesen. Oder bist es noch. Aber nun begreife ich dich nicht, Kind.«

»Das ist doch so einfach, Großmutter. Der Wolf ist mein Freund. Ich kann ihn verstehen. Er mag mich ...«

»Und du magst ihn?«

»Ja.« Lucy griff wieder zum Glas und trank. Sie lächelte dabei und stellte das Glas weg, als es leer war. »Es ist Mitternacht, Großmutter.«

»Das weiß ich. Deshalb wird es auch Zeit für dich.«

»Stimmt genau.«

»Dann geh ins Bett und ...«

Marlene sprach nicht weiter, weil ihre Enkelin den Kopf schüttelte. »Nein, Großmutter, ich werde nicht ins Bett gehen. Auf keinen Fall tue ich das. Ich weiß, dass ich erwartet werde. Jemand wird noch zu mir kommen.«

»Wer denn?«, fragte Marlene King, obwohl sie sich die Antwort denken konnte.

»Nicht der Wolf!«
»Doch!«
Ein Wort hatte gereicht. Es wirkte wie eine Initialzündung, denn plötzlich hörten beide das Heulen vor der Haustür...

Keiner der beiden bildete sich das Heulen ein. Es war ein schrecklicher und in die Länge gezogener Laut, der auch von der Tür und von den Wänden nicht aufgehalten werden konnte. Er drang an die Ohren der beiden Menschen, die in der Küche standen und sich nicht vom Fleck bewegten. Sie schienen beide zu Stein geworden zu sein, aber nur eine lächelte, Lucy.

»Er ist da, Großmutter!«

Marlene sagte nichts.

»Hörst du ihn?«

»Ja!« Die Antwort klang gepresst. »Er ist ja nicht zu überhören, Kind.

»Ich will, dass du ... das du ...«

»Er ist gekommen, um mich zu holen. Ich freue mich auf ihn.«

Marlene King wollte nicht, dass Lucy ging. Deshalb schritt sie bis zur Küchentür zurück und baute sich dort breitarmig auf. »Ich lasse dich nicht gehen, Kind. Ich schaue nicht zu, wie du mit offenen Augen in dein Verderben läufst. Nein, das kannst du von mir nicht verlangen, tut mir Leid.«

»Ich laufe nicht in mein Verderben, Großmutter. Ich gehe in die Zukunft.«

»Auf keinen Fall!«

»Doch, Großmutter. Und du kannst mich nicht daran hindern!«

Bei den letzten Worten hatte sich der Ton verschärft.

Das kannte Marlene nicht. So hatte Lucy noch nie mit ihr gesprochen. Sie standen sich plötzlich gegenüber wie zwei Fremde, und Marlene spürte, wie es eiskalt ihren Rücken hinabrann. Mit so einer Veränderung hatte sie nicht rechnen können, und sie merkte, wie ihr Herz wesentlich schneller schlug als normal. Ein leichter Schwindel überfiel sie, der sie zur Seite taumeln ließ. Sie musste sich an der Kante des Schranks festhalten, um das Gleichgewicht halten zu können. Lucy stand noch vor ihr. Sie drehte sich, und die Küche drehte sich mit. Das Gesicht ihrer Enkelin hatte sich verändert und dabei jeglichen Liebreiz verloren. Es wirkte plötzlich hart und kantig und zugleich entschlossen. Lucy hatte sich vorgenommen, den Weg zu gehen, und niemand würde sie davon abhalten können.

Vor der Tür erklang wieder das Heulen. Ein klagender Laut wehte gegen den Himmel und verklang im Dunkel der Nacht. Für Lucy war es eine Aufforderung, endlich zu gehen, und die befolgte sie auch.

Marlene tat nichts. Das Heulen war so nah, und trotzdem kam es ihr weit entfernt vor. Es hüllte sie ein, füllte all ihr Denken aus, und sie wollte etwas tun, aber sie konnte es nicht.

Es war nicht genügend Platz für Lucy, die sich dann Platz schaffte und ihre Großmutter durch einen leichten Druck der Hand einfach zur Seite schob.

So hatte sie freie Bahn.

Marlene kam sich wie in einem bösen Traum gefangen vor. Sie drehte sich mühsam und blickte auf den Rücken ihrer Enkelin, die sich der Haustür näherte. Jetzt gab es niemanden mehr, der sie aufhalten konnte, und auch der leise Ruf stoppte sie nicht.

Marlene King überkam die Angst wie ein gewaltiger Schlag. Sie verfolgte den Weg ihrer Enkelin. Lucy tänzelte wie jemand, der sich auf ein bestimmtes Ereignis freut.

»Nicht, Lucy, du darfst nicht gehen ...«

Marlene wusste nicht, ob ihre Enkelin die Worte hörte. Und wenn, dann ließ sie sich nicht davon aufhalten.

Jetzt stand sie vor der Tür.

Sie dreht sich nicht mal um!, dachte Marlene. Sie dreht sich nicht mal zum Abschied um. Das ist verrückt und kaum zu begreifen. Sie hat alles vergessen, alles vergessen ...

Vorwürfe überfluteten die Frau. Sie dachte plötzlich daran, was sie Lucys Eltern sagen würde, wenn jetzt etwas Schreckliches mit ihrem Kind passierte.

Die Tür war immer von innen abgeschlossen. Lucy kannte sich aus. Sie drehte den Schlüssel zwei Mal rum.

Dann zog sie die Tür auf.

»Hi«, sagte sie und blieb auf der Schwelle stehen.

Ein Traum, das ist nicht wirklich wahr, dachte Marlene. Das kann ich nicht nachvollziehen, es ist einfach zu unwahrscheinlich.

Marlene wusste selbst nicht, welche Gedanken ihr da durch den Kopf schossen, aber dieser Albtraum hielt sie fest und ließ sie auch in den folgenden Minuten nicht los. So erlebte sie alles aus der Nähe mit und kam sich dabei trotzdem weit entfernt vor.

Lucy begrüßte den Wolf wie einen guten Freund. Sie breitete die Arme aus und sagte mit schon leicht jubelnder Stimme: »Da bist du ja endlich. Ich habe schon sehnsüchtig auf dich gewartet.«

Die Antwort bestand aus einem leisen Knurren. Es hörte sich nicht gefährlich an, sondern irgendwie zufrieden, als hätte auch das Tier nur auf diesen Zeitpunkt gewartet.

Für Marlene King war das alles nicht zu begreifen. Sie hatte den unheimlichen Besucher auch nicht richtig sehen können, weil ihre Enkelin ihr einen Teil der Sicht nahm. Das änderte sich, als sich das Tier plötzlich aufrichtete.

Der Wolf wuchs und wuchs. Marlene King wollte es nicht glauben. Er überragte ihre Enkelin bei weitem. Er stand auf seinen Hinterläufen. Der Körper kam Marlene riesig vor. Sie sah das hellere Fell am Bauch, den mächtigen Kopf, das Gesicht mit der Schnauze, die kalten gelben Augen, die Vorderläufe, die gebogen waren und in harten Krallen endeten, und sie sah auch die mörderischen Zähne, die jede Beute zerrissen. Das Gesicht des Wolfes war irgendwie breiter als das eines normalen Tieres. Es war verrückt und kaum nachzuvollziehen, aber Marlene King konnte sich vorstellen, dass sie innerhalb dieser Fratze noch etwas Menschliches entdeckte, auch wenn sie das nicht begreifen konnte.

Sie begriff sowieso nichts mehr.

Sie merkte nicht einmal, dass ihr Mund offen stand. So staunte sie das Geschöpf an, das einem Albtraum entsprungen sein musste.

Und ihre Enkelin mochte den Albtraum. Sie ging auf ihn zu. Sie tänzelte dabei. Sie lachte, streckte der Kreatur ihre Hände entgegen, und der Wolf blieb weiterhin auf seinen Hinterläufen stehen. Er reckte sich so gut wie möglich, und in seinem Rachen bewegte sich eine breite Zunge.

Dann endlich hatte Lucy ihn erreicht. Und sie tat das, was Marlene noch mehr erstaunte. Sie trat so dicht an ihn heran, dass sie ihn umarmen konnte. Fest schloss das junge Mädchen die Arme um den zottigen Körper der Kreatur, in dessen Kehle das Röcheln entstand und wie ein Kratzen aus dem Maul drang.

Der Körper beugte sich nach vorn. Es sah so aus, als sollte Lucy erdrückt werden, aber sie blieb zitternd stehen. Doch dieses Zittern hatte nichts mit Angst zu tun. Es lag an der heißen Erwartung, die sich endlich für sie erfüllt hatte.

Marlene King begriff die Welt nicht mehr. Sie erkannte ihre Enkelin nicht wieder, die ihren Kopf gegen das weiche Bauchfell drückte und die Wange daran rieb.

Sie und das Tier waren zufrieden.

Wie lange das ungleiche Paar auf der Stelle gestanden hatte, wusste Marlene nicht. Die Zeit gab es nicht mehr für sie. Ebenso wenig wie die normale Welt. Sie hatten sich entfernt, und Marlene King kam sich vor wie eine Person, die der Realität entflohen war, obwohl sie all das, was sie sah, als Realität erlebte.

Der Wolf veränderte seine Haltung. Er verlagerte das Gewicht nicht mehr auf den Hinterläufen, sondern senkte seinen mächtigen Körper dem Boden entgegen. Er rutschte dabei an Lucy vorbei. Auch als er auf allen Vieren stand, konnte Marlene nur staunen, wie groß er war. Fast hätte ihre Enkelin auf ihm reiten können, so hochgewachsen war er.

Und dann gingen sie weg! Einfach so.

Marlene King kam aus dem Staunen nicht mehr heraus.

Wolf und Mensch. Sie schritten nebeneinander her wie ein Liebespaar. Lucy hielt den rechten Arm ausgestreckt und kraulte dabei das Nackenfell des Tieres.

Beide gingen auf dem direkten Weg dem Wald entgegen. Für Marlene, die zuschauen musste, war es schlimm. Vor ihren Augen wurde die Enkelin entführt, wobei das nicht mal so zutraf. Sie wurde gar nicht entführt, denn sie ging freiwillig mit. Und sie drehte sich nicht einmal mehr um. Ihr Zuhause war in Vergessenheit geraten. Es lag hinter ihr. Es war vorbei. Zwölf Jahre waren vergessen.

Marlene King war geschockt und entsetzt. Sie merkte nicht, dass Tränen aus ihren Augen rannen und an den Wangen entlang herab liefen.

Die beiden waren längst aus ihrer Sichtweite entschwunden, als sie noch immer auf dem Fleck stand, zwar nach vorn schaute, aber trotzdem ins Leere blickte.

Irgendwann bewegte sie sich. Sie ging auf die Tür zu und schloss sie. Wie in Trance drehte sie sich um und ging wieder tiefer in das kleine Haus hinein. Noch immer rannen Tränen aus ihren Augen. Sie hatte das Gefühl, dass etwas Fremdes alles beherrschte.

Wie sie das kleine Schlafzimmer betreten hatte, wusste sie nicht. Sie hatte die Schwelle überschritten, sah das Bett und warf sich nach vorn.

Bäuchlings fiel sie auf das Kissen und vergrub ihr Gesicht darin. Die Welt war für sie eine andere geworden. Sie wollte nichts mehr sehen und hören.

Die Welt um sie herum versank in einen Strudel, dem sie nicht entkommen konnte...

Das war nicht zum Lachen sondern zum Heulen!

Und das im wahrsten Sinne des Wortes, denn das Heulen übertönte sogar das Rauschen des Flusses, und wir hörten es, als wir aus dem Rover stiegen, dessen Vorderräder beinahe im Wasser standen, denn ich hatte ziemlich spät gebremst und war auf dem feuchten Ufersand noch ein Stück gerutscht.

Suko hatte den Wagen vor mir verlassen und schaute sich kurz um. Es war immer besser, sich die Umgebung einzuprägen, und die sah natürlich in der Nacht dunkel aus.

An der linken Seite wogte der Teppich aus Wellen. Licht schimmerte manchmal als Reflex auf den Wellenkämmen. Lichter rissen an den Ufern die Nacht auf. Die Brücken grüßten wie stählerne Kolosse aus Urweltzeiten, die sich mit Laternen geschmückt hatten, als wollten sie ein Fest feiern. Über sie hinweg rollten die Fahrzeuge, deren Scheinwerfer ebenfalls Licht abgaben und das Dunkel zerrissen. Die Tower Bridge wirkte wie zum Greifen nahe vor uns, obwohl sie weit entfernt war. Am Himmel ballte sich die Dunkelheit zu einem trüben Grau zusammen, und wir hatten Glück, dass es nicht regnete.

Hinter uns lief eine Straße entlang. Von ihr waren wir abgebogen und bis zum Ufer gefahren, um näher am Zielort zu sein. Es war kein normaler Weg, auf dem wir standen. Hier konnte sich der Fluss bei Hochwasser ausbreiten. Entsprechend sah auch die Umgebung aus. Sand, Erde, Steine. Buckel und kleine Hügel. Dazwischen karge Gräser und angeschwemmtes Holz.

Ein paar Meter flussabwärts wurde die Böschung durch eine Mauer abgestützt, und genau dort lag unser Ziel. Man hatte es uns beschrieben, und die beiden Kollegen, die uns alarmiert hatten, zeigten sich jetzt. Woher sie gekommen waren, wussten wir nicht. Jedenfalls waren sie da. In ihren dunklen Uniformen hoben sie sich kaum von der Umgebung ab, aber beim Näherkommen sahen wir, dass ihre Gesichter recht bleich waren.

Sie stellten sich uns vor. Einer hieß Ferguson, der andere hörte auf den Namen Smith. Er war der ältere und übernahm auch das Reden.

»Gut, dass Sie so schnell gekommen sind.«

»Hat sich etwas verändert?«, fragte Suko.

»Nein, zum Glück nicht.«

»Erzählen Sie!«, forderte ich Smith auf.

Der Kollege fühlte sich unbehaglich. Er schaute sich ein paar Mal um, als befürchtete er, beobachtet zu werden. Dann fragte er: »Haben Sie das Heulen vorhin gehört?«

»Haben wir.«

»Er ist noch da.«

»Weiter.«

»Wir haben das auch gehört«, sagte Smith. »Seit einiger Zeit laufen wir hier Streife. Es hat schon öfter Ärger gegeben, denn hier am Ufer wird oft gedealt. Nun ja, und dann hörten wir das Geräusch. Es ... es ... kam uns nicht geheuer vor. Wir haben es auch gefunden«, er holte scharf Atem. »Ach, verdammt, das ist ein Wahnsinn. Er ist gefangen. Er hat sich gefangen. In einer dieser Fuchsfallen oder so ähnlich. Jedenfalls steckt er fest, und bisher hat er sich noch nicht befreien können. Ich weiß nicht, wer die Falle aufgebaut hat. Wahrscheinlich waren es die Typen, die hier gedealt haben, ist auch egal. Jedenfalls kann er sich nicht befreien, denn das verdammte Ding ist noch durch eine Kette mit der Betonwand verbunden.«

»Der Gefangene befindet sich nicht im Freien – oder?«

»Nein, Mr. Sinclair. In einer Röhre, einem Tunnel.« Smith drehte sich und deutete gegen die lange Stützwand. »Er ist ein Zugang zur Kanalisation, der weit im Innern eine Stauklappe besitzt, die sich nur bei Hochwasser öffnet. Das haben wir zum Glück nicht. Der Tunnel ist ein ideales Versteck.«

»Dann schauen wir uns die Sache mal an«, sagte Suko. »Gehen Sie bis zum Eingang vor.«

»Natürlich, Sir.«

Die beiden Kollegen bewegten sich. Noch jetzt sahen wir, dass sie zitterten. Wir konnten es ihnen nicht verdenken, denn einen gefangenen Wolf zu entdecken, das erlebten sie nicht alle Tage. Dazu noch in einer Großstadt.

Es war nicht das erste Mal, dass ein Wolf entdeckt worden war. Schon seit einer Woche hatte es Zeugenaussagen von Menschen gegeben, denen Wölfe aufgefallen waren. Sie hatten sich in der Dunkelheit den menschlichen Ansiedlungen genähert und waren zunächst mal durch ihr Heulen aufgefallen.

Keine normalen Wölfe, sondern welche, die wesentlich größer waren. Die zudem auf ihren Hinterläufen gingen und dann wieder auf allen Vieren. Ein ständiges Wechselspiel, wie wir glauben mussten. Bisher hatten wir noch nicht eingegriffen. Zunächst waren unsere Kollegen an der Reihe gewesen. Man hatte nachgeforscht, ob irgendwelche Tiere aus einem Zoo entwichen waren, aber das traf nicht zu. Es lag keine Meldung vor, und so wurden wir misstrauisch.

Es hatte noch keine Toten gegeben. Zumindest war kein Mensch von einem Wolf zerrissen worden, aber unser Chef, Sir James überlegte, ob es tatsächlich normale Wölfe gewesen waren, die die Zeugen entdeckt hatten, oder ob nicht doch mehr dahinter steckte.

Und dieses »mehr« konnte eigentlich nur ein Werwolf sein. Werwölfe in London – das hätte uns gerade noch gefehlt, aber noch war es die reine Spekulation. Bisher waren die Kreaturen nur gesehen, aber nicht gefangen worden. Das sollte sich nun ändern.

Wir blieben vor dem Tunnelloch stehen. Ferguson und Smith zitterten noch immer – und zuckten beide zusammen, als uns aus der Röhre das klagende Geheul entgegen wehte.

Suko und ich tauschten einen Blick. Keiner brauchte eine Frage zu stellen, unsere Gedanken drehten sich um einen Punkt. Ich sprach die Worte dann doch aus.

»Werwolf oder nicht?«

Suko lauschte noch einen Moment. Er zuckte mit den Schultern. »Tut mir Leid, John, ich kann es nicht heraushören.«

»Dann lass uns nachschauen.« Ich wandte mich an die beiden Kollegen. »Hat einer von Ihnen eine Taschenlampe?«

Wir bekamen zwei gereicht.

»Danke«, sagte Suko und lächelte. »Es ist am besten, wenn Sie hier zurückbleiben.«

Zuerst sahen sie aus, als wollten sie protestieren, dann sahen wir bei ihnen die Erleichterung, und wir erklärten ihnen nur, dass sie in der Nähe bleiben sollten.

»Gern, Sir«, flüsterte Smith. »Sehr tief ist der Tunnel auch nicht. Er steigt nur leicht an. Und geben Sie bitte Acht. Auf dem Boden liegt in dieser Rinne viel Geröll herum.«

»Danke für die Warnung.«

Suko hatte sich schon vorgedrängt, war aber noch nicht in die Röhre hineingegangen, die so hoch war, dass sogar ich stehen konnte, wenn auch mit leicht eingezogenem Kopf.

Als Erstes fiel uns der Geruch auf. Es stank modrig. Nach Abwasser, das noch in einigen Pfützen zu beiden Seiten der Betonrinne glänzte. Auch die Wände waren nicht trocken. Da hatte sich die Feuchtigkeit an den Steiner festgeklammert und regelrechte Rinnen gebildet. Ob hier in der Röhre schon Partys stattgefunden hatten oder ob man nur einfach Abfall abgeladen hatte, das konnten wir uns aussuchen.

Wir sahen Flaschen, Dosen, zermatschte Pizzakartons und anderen Abfall, der vor sich hingammelte.

Das Heulen hatte sich bisher nicht wiederholt. Wahrscheinlich wusste das Tier, dass es Besuch bekam, und verhielt sich still. Es war gefangen, und ich stellte mir die Frage, wer diese verdammten Fallen aufstellte, die verboten waren. Fangeisen konnten die ekligsten Tötungsinstrumente sein. Gedacht für Tiere, wurden sie auch manchmal Menschen zum Verhängnis. Nicht wenige hatten durch diese Instrumente schwerste Verletzungen erlebt.

Erst nach zwei Schritten schalteten wir die Lampen ein, deren helle Lichtarme in das Dunkel hineinstießen. Sie tanzten über den Boden, streiften die Wände, von denen der helle Belag im Lauf der langen Jahre abgeblättert war, und folgten der Rinne, durch die wir gingen. Schon bald klebte unter unseren Füßen der dunkle feuchte Dreck, aber das war alles nicht interessant, denn wir sahen die Gestalt, die geheult hatte.

Sie hockte auf dem Boden. Halb in der Rinne, halb daneben. Und sie steckte tatsächlich in einer Falle, die zusätzlich mit einer Kette an der Wand verbunden war. Die Kreatur verhielt sich still. Sie saß auf dem Boden und hatte den Oberkörper nach vorn gebeugt. Sie lebte noch, denn wir bemerkten, dass ihr Körper zitterte, und wir hörten ein Geräusch, das uns mehr an ein Keuchen erinnerte als an ein normales Atmen.

Um die beiden Lichtkegel kümmerte sich die Kreatur nicht. Auf den ersten Blick hin wussten wir, dass es sich bei diesem »Ding« nicht um einen Menschen handelte. Das Licht traf zwar einen Körper, aber keine Kleidung, es traf auch keine nackte Haut, sondern huschte über ein graues, feuchtes und klebriges Fell hinweg. Sicherlich hatte sich die Kreatur bei ihren Befreiungsversuchen über den feuchten Boden gewälzt.

Das linke Bein steckte in der Falle!

Es war wirklich ein böses Ding. Eine gefährliche Schnappfalle, die hochgestellt werden konnte. Wer sie dann berührte, war arm dran, denn wenn das Oberteil der Falle zuschlug, dann hackten sie rostigen Spitzen in den Körperteil und hielten ihn fest. Man musste schon einen Schlüssel besitzen, um das Verriegelungsschloss aufzuschließen. Erst dann konnte das halbrunde Oberteil wieder bewegt werden.

»Das ist hinterlistig«, flüsterte mir Suko zu. »Für Mensch und Tier gleich schlimm.«

Die Kreatur musste Sukos Flüstern gehört haben, denn sie hob den Kopf an. Wir hatten die Bewegung gesehen und verfolgten sie mit den zwei Kegeln unserer Lampen.

Suko und ich waren vorgewarnt. Dennoch zuckten wir zusammen, als wir sahen, welch eine Kreatur uns da anstarrte.

Es war tatsächlich ein Wolf!

Nein, nur auf den ersten Blick, wir hatten beide genügend Erfahrung auf diesem Gebiet, um erkennen zu können, dass sich in der Falle tatsächlich ein Werwolf verfangen hatte …

Für einen Moment hielten wir die Luft an und starrten nur auf das, was uns das Licht bot.

Der Kopf wurde vom Licht erfasst, die tückischen Augen und eine Schnauze, die breiter als spitz war und so gar nicht als Schnauze eines normalen Wolfes durchgehen konnte. So sah tatsächlich ein Werwolf aus.

Er heulte nicht. Er glotzte nach vorn. Er sprang auch nicht hoch, aber er streckte seine Pfoten vor und kratzte mit den Krallen über den glatten Betonboden der Mittelrinne.

»Also doch«, flüsterte Suko. »Bisher habe ich noch Hoffnung gehabt, dass es nicht so ist ...«

Ich gab ihm keine Antwort. Wir standen noch zu weit von der Kreatur entfernt, und ich wollte sehen, wie sie reagierte, wenn einer von uns näherkam.

»Bleib du mal zurück«, flüsterte ich Suko zu.

»Keine Sorge, ich gebe dir Rückendeckung.«

Das war nicht nötig. Wenn wir es tatsächlich mit einem Werwolf zu tun hatten, würde ich ihn durch eine geweihte Silberkugel vernichten können. Das hatte ich jedoch nicht vor. Er war schon gefangen, und ich wollte dies ausnutzen.

Im Moment hatten wir Vollmond. Nicht nur ideal für Vampire, sondern auch für Werwölfe. In diesen Nächten mutierten sie dann vom normalen Menschen zur Bestie, die töten wollte. Aber wenn die Nächte vorbei waren, veränderten sie sich wieder. Dann verwandelten sie sich manchmal zurück. Ansonsten suchten sie die Verstecke auf, um dort auf den Einbruch der Dunkelheit zu warten.

Suko verließ seinen Platz. Er baute sich an der linken Tunnelseite auf und strahlte die Kreatur mit der Lampe an. In der rechten Hand hielt er jetzt seine Beretta.

Bisher hatten wir die Kreatur nur heulen hören, jetzt begann sie zu knurren. Das Geräusch drang mir als leises, bösartiges Grollen entgegen. Dabei riss die Bestie ihre Schnauze noch weiter auf, um zu zeigen, wie gefährlich ihr Gebiss war.

Dann stand sie auf.

Eine schnelle, zuckende Bewegung, die vom Klirren

der Kettenglieder begleitet wurde. Zugleich straffte sich die Kette, sodass das Tier zur Bewegungsunfähigkeit verdammt war. Es kam nicht von der Stelle. Die Spitzen der Falle hatten sich tief in seine linke Wade eingegraben. Das Fauchen wurde zu einem wütenden Heulen. Die Augen schimmerten wie kalte Laternen, und wieder versuchte die Bestie sich nach vorn zu werfen, was ihr misslang. Die Kette war einfach zu stark, und die Falle saß zu fest.

Die Erfahrung hatte uns gelehrt, dass ein Werwolf darauf aus war, Menschen zu bekommen. Sie zu töten. Sie zu vernichten, ähnlich wie ein Zombie. Er war zur Bestie mutiert und mit dem Keim des Bösen infiziert, er konnte nicht anders.

Das passte mir nicht. Auch wenn er gefesselt war, er würde versuchen, zuzuschlagen und mich zu Boden zu reißen.

Deshalb hielt ich den nötigen Abstand. Unser Erscheinen hatte ihn seine eigenen Schmerzen vergessen lassen. Der Kopf wurde hart hin- und herbewegt. Er tanzte vor meinen Augen. Seine Schnauze stand weit offen, immer wieder schnappten die beiden Kieferhälften zu, und dazwischen hörte ich das Rasseln der Kette.

Mit einem Schuss wäre alles gelöst worden.

Ich feuerte nicht.

Er tobte weiter. Irgendwann würde er zusammenbrechen, und dann mussten wir versuchen, ihn zu fesseln. Ich wollte, dass er als normaler Mensch erwachte.

Die Falle war wie ein Gebiss. Sie ließ ihn nicht los. Bei jeder Bewegung gruben sich die Zinken tiefer in das Fleisch seines Beins hinein, aus denen schon einige Fleischbrocken und Felllappen herausgerissen waren.

Sein Heulen und seine Schreie gellten durch den Tunnel. Sie donnerten als Echos über den kahlen Beton hinweg. Vor der Schnauze sprühte heller Schaum. Die Zähne schlugen immer wieder zusammen, ohne allerdings ein Ziel zu treffen.

Mir wehte zusammen mit dem Toben und Kreischen ein scharfer Geruch entgegen. Es stank nach Raubtier, aber irgendwie auch nach Blut. Zumindest glaubte ich, dies zu riechen. Die Falle schlitterte über den Boden, die Kettenglieder klirrten, und es hatte sich nichts verändert. Ich war frei, er war gefangen.

Noch ein Versuch!

Ein Sprung, der ihn nahe an mich heranbrachte. Er lag schräg in der Luft. Die Zinken der Falle hielten ihn eisern, er zuckte wieder zurück. Mir klatschte dieser warme Schaum ins Gesicht, den ich wegwischte, und dann sah ich meinen Freund Suko in Aktion. Er konnte nicht mehr mit ansehen, was hier ablief. Er wollte den Werwolf nicht weiter toben lassen, bis er vor Erschöpfung zusammenbrach, wenn überhaupt, er griff ein.

Und er schlug zu.

Suko hatte sich einen Stein besorgt und holte damit aus. Der Schlag erwischte den Kopf und den Nacken der Gestalt, die aufheulte, mit den Pranken noch um sich schlug und dann zusammenbrach, als hätte man ihr die Beine unter dem Körper weggetreten.

Die Bestie fiel jaulend auf den Rücken. Sie war nicht bewusstlos, aber angeschlagen.

»Die Handschellen, John!«, schrie Suko mir zu.

Er hatte seine, ich meine eigenen. Ich brauchte auch keine Frage zu stellen, denn ich wusste, wie wir die Gunst der Stunde nutzen konnten.

Das rechte Hand- und das Fußgelenk wurden zusammengekettet. Das übernahm Suko. Ich kümmerte mich um die andere Seite und verband meine Handschelle mit dem Gelenk und der mörderischen Falle. Er lag auf dem Boden und in einer so verkehrten Haltung, dass er nicht mehr auf die Beine kommen konnte, so sehr er sich bemühte.

»Wir haben ihn!«, sagte Suko und lachte.

Ich trat zurück und atmete tief durch. »Klar, wir haben ihn, und jetzt?«

»Ganz einfach, John. Du rufst einen Arzt an. Der erscheint hier und wird ihn mit einem starken Mittel betäuben. Die Falle kriegen wir auch noch auf. Ich nehme an, dass er sich wieder zurückverwandeln wird, und dann sehen wir weiter.«

Der Plan war gut.

»Das hätte direkt von mir sein können«, sagte ich, verließ den Tunnel und holte das Handy hervor, um aus der Theorie Praxis werden zu lassen...

Marlene King wurde von der Nässe wach, die gegen ihre Wange drückte. Zuerst wusste sie nicht, wo sie sich befand. Ihr Kopf schien um das Doppelte angewachsen zu sein. In ihm rumorte es. Sie spürte die Schmerzen. Der Hals war innen ebenso verschleimt wie der Mund, aber unter ihr war es weich, nachgiebig. Sie musste sich zur Seite drehen, um Luft zu holen, und die letzte Zeit kam ihr vor wie ein Traum, der jetzt sein Ende gefunden hatte.

Sie drehte sich herum, weg von der Feuchtigkeit. Da erst wurde ihr klar, dass sie auf einem Bett lag, und zwar auf ihrem Bett, und das stand in ihrem Schlafzimmer.

Marlene konnte sich nicht daran erinnern, wie sie dort hingekommen war. Zwar stürmten die schrecklichen Erinnerungen auf sie ein, aber sie war leider nicht in der Lage, sie in eine bestimmte Richtung zu lenken. Es war alles so anders geworden um sie herum. Es war dunkel, die Luft schien zu stehen, und Marlene hatte Schwierigkeiten, sie zu atmen. In der Brust spürte sie einen großen Druck. Sie hatte auch verheulte Augen und feuchte Hände. Überhaupt war ihr Körper in Schweiß gebadet.

Nach einigen Sekunden stellte Marlene King fest, dass sie quer über ihr Bett gefallen war. Das Entsetzen und auch die Angst hatten sie in das Zimmer getrieben. Ihr Körper fühlte sich doppelt so schwer an, und nur mühsam und auch mit einer starken Willenskraft drehte sie sich zur Seite.

Die Nässe stammte von ihrem Kopfkissen. In das hatte sie wie ein junges Mädchen mit Liebeskummer hineingeheult. Das war vorbei, denn jetzt war sie wieder voll da, drückte beide Hände gegen die Matratze und stemmte sich hoch.

Sie zog die Beine an, blieb auf dem Bett knien, schaute gegen die Wand über dem Kopfende, und erst jetzt fiel ihr auf, dass es doch nicht so finster war.

Im Flur brannte Licht. Die Tür zum Schlafzimmer war nicht geschlossen, so dass sich der gelbe pudrige Schein ausbreiten konnte und auch das Bett erreichte. Vor ihr an der Wand verlief er sich, aber sie sah noch das alte Holzkreuz, das dort schon seit Jahren hing und für Marlene immer wieder so etwas wie ein Stück Hoffnung gewesen war.

Es hing immer noch dort. Sie wollte es auch nicht verteufeln, denn sie glaubte auch weiterhin an seine Kraft, aber es fiel ihr in diesen Augenblicken schon schwer.

Sehr langsam schob sie sich nach links, erreichte die

Bettkante und richtete sich schließlich neben der Schlafstätte auf, zitternd, den Blick ins Leere gerichtet, allein mit ihren schlimmen Gedanken.

Mit zwei kleinen Schritten erreichte sie den Schrank, öffnete dort die rechte Tür und holte ein Taschentuch hervor. Ihre Nase war verschleimt, der Rachen ebenfalls. Als sie sich etwas davon befreit hatte, ging sie in das kleine Bad. Schon auf dem Weg hämmerte immer nur ein Name durch ihren Kopf.

»Lucy!«

Sie war ihrer Obhut entwischt, und sie hatte nichts dagegen tun können. Die Bestie war gekommen und hatte Lucy geholt. Dabei war sie nicht mal entführt worden. Wenn sie sich recht erinnerte, hatte Lucy auf die Bestie gewartet und war mehr oder weniger freiwillig mit ihr gegangen.

Das konnte Marlene nicht fassen. So etwas tat man nicht freiwillig, aber ihre Enkelin hatte es getan. Damit musste die Großmutter fertig werden.

Sie betrachtete ihr Spiegelbild. Es gab Frauen in ihrem Alter, die wesentlich schlechter aussahen als sie. Marlene konnte sich noch immer sehen lassen, aber jetzt, wo der Spiegel ihr Gesicht haargenau wiedergab, da sah sie so alt aus, wie sie sich in diesem Augenblick fühlte.

Ihr Gesicht erinnerte mehr an ein Relief. Schatten, Furchen und Falten zeichneten die Haut. Die Lippen waren so blass wie nie zuvor. Rote Stellen umgaben die Augen, die Nachwirkungen des Weinens. Sie sah auch, dass sie zitterte, und konnte nichts dagegen tun, so sehr sie sich auch anstrengte. Ihr Wille war zu schwach und das Nervenkostüm zerfetzt. Sie ließ das Wasser laufen, kühlte erst ihre Hände und danach ihr Gesicht. Wasser spritzte auch gegen ihr Haar, dessen graue Farbe durch ein künstliches Dunkelblond ersetzt worden war.

Erst nach ungefähr einer Minute richtete sie sich wieder auf. Sie trocknete sich mit sehr zeitlupenhaften Bewegungen ab. Es ging ihr äußerlich etwas besser, aber innerlich war sie noch von der Rolle, denn in ihrem Magen hatte sich Übelkeit ausgebreitet.

Als sie die ersten Schritte auf die Tür zuging, da merkte sie, wie unsicher sie auf den Beinen war. Das kleine Bad war plötzlich zur Sauna geworden, so sehr begann sie zu schwitzen, aber sie riss sich zusammen und ging wieder nach unten, wo sich die kleine Küche befand. Es war eigentlich ihr Platz. Durch das Fenster konnte sie in die freie Natur schauen und bis hin zum Waldrand, den sie so gern beobachtete. Das war jetzt vorbei, denn sie hatte nicht vergessen, wohin ihre Enkelin gegangen war – in den Wald!

Wie im Märchen! Wie bei Rotkäppchen. Auch da hatte eine Großmutter eine wichtige Rolle gespielt, ebenso wie im wahren Leben. Nur lag in diesem Fall nicht der Wolf im Bett der Großmutter, aber ihr Rotkäppchen Lucy war bei dem Wolf.

Die Geißlein hatte er fressen wollen. Es war ihm nicht gelungen, weil sie sich versteckt hatten.

Was war mit Lucy?

Daran wollte sie gar nicht denken. Denn dann schossen wieder die Vorwürfe in ihr hoch, dass sie es nicht geschafft hatte, die Enkelin zu schützen.

Was sollte sie tun, was konnte sie tun?

Nichts. Sie musste warten, bis sich die Dinge wieder normalisierten. Aber würden sie das? Und würde das ohne eine Hilfe geschehen? Daran glaubte Marlene nicht. Nur hatte sie keine Ahnung, wen sie um Hilfe bitten sollte? Die Polizei anrufen?

Unmöglich. Die Beamten hätten sie ausgelacht, wenn sie ihnen mit der Wahrheit gekommen wäre. Das kam für sie also nicht in Frage, und eine andere Lösung fiel ihr nicht ein.

Für besondere Gelegenheiten stand immer eine mit Schnaps gefüllte Flasche im Schrank. Sie stammte noch von ihrem verstorbenen Mann. Er war so etwas wie ein männliches Kräuterweib gewesen. Seine Getränke hatte er selbst gebrannt. Seiner Meinung nach waren sie ideale Medizin gewesen. Sie halfen gegen Unwohlsein und Seelenschmerz. In einer Lebensmittelkammer standen ebenfalls noch einige Flaschen in Reserve.

Marlene King war keine Schnapstrinkerin. Sie hätte nie gedacht, dass sie das Zeug mal probieren würde. In diesem Fall übersprang sie die Brücke. Sie wollte ihn trinken. Sie musste die Unordnung ihres Magens verscheuchen.

Die Flasche hatte schon Staub angesetzt. Es war ihr auch egal. Schlecht würde das Zeug nicht werden. Die Flasche war verkorkt. Das Getränk darin schimmerte gelblich. Schon von außen her sah es ziemlich dickflüssig aus.

Sie hatte sich ein normales Glas mitgebracht. Das Zeug gluckerte hinein. Als das Glas zur Hälfte gefüllt war, zog sie die Flasche zurück und erschrak, dass so viel hineingelaufen war. Auch im Glas sah es gelblich aus. Sie erinnerte sich daran, dass ihr Mann dem Getränk Honig zugesetzt hatte. Das war zu sehen.

Marlene fasste das Glas mit beiden Händen an. Sie führte es langsam zum Mund und nippte zunächst nur, um das Getränk zu probieren.

Es schmeckte süßlich. Die Schärfe spürte sie erst, als sie einen größeren Schluck getrunken hatte und das Zeug wie Öl durch die Kehle rann.

Für einen Moment hielt sie die Augen geschlossen. Sie lächelte dabei sogar. Dann kippte sie nach, verzog das Gesicht, musste husten und schüttelte sich.

Welch ein Zeug!

Die Nachwirkung hatte es in sich. Sie breitete sich in ihrem Magen aus, sie räumte auf, und Marlene konnte nicht vermeiden, dass sie im nächsten Moment zwei Mal aufstieß. Das Blut war ihr in den Kopf geschossen. Feuchtigkeit saß in ihren Augen fest, sie zog die Nase hoch und atmete einige Male tief durch. Danach schüttelte sie sich und überlegte, ob es ihr jetzt besser ging. Im Moment noch nicht, die Wirkung trat erst später ein, da erfasste die Wärme ihren gesamten Körper, und es ging ihr tatsächlich besser. Dieser Selbstgebraute war wirklich so etwas wie Medizin, da hatte ihr verstorbener Mann schon Recht behalten.

Einen zweiten Schluck verschmähte sie. Der eine reichte ihr aus. Es ging ihr besser. Das Zeug schien sogar einen Teil der Angst vertrieben zu haben.

Am Küchentisch blieb sie sitzen. Es war ihr Platz. Von ihm aus sah sie das Fenster und konnte hindurchschauen. Im hellen Licht des Tages bis hin zum Waldrand. Das war zu dieser nächtlichen Stunde nicht möglich. Die Dunkelheit hielt alles umfangen und machte die Welt zu einem Schattengespenst, in dessen Zentrum die unheimlichsten und unglaublichsten Dinge verborgen waren. Etwas, von dem man nicht sprach, das es nicht geben konnte, aber sie wusste es besser. Damit kehrten ihre Gedanken wieder zu Lucy, der Enkelin, zurück.

Marlene blickte auf ihre zitternden Hände. Lucy war gegangen. Nicht einfach so. Sie war geholt worden, und es hatte ihr seltsamerweise nichts ausgemacht. Das zu begreifen, war für Marlene unmöglich. Es gab keine logische Erklärung, und die Dunkelheit wollte ihr ebenfalls keine Antwort geben, obwohl sie am Himmel ein Loch zu haben schien. Kreisrund war der Ausschnitt, aber es war kein Loch. Der Vollmond stand dort und schickte sein kaltes Licht auf die Erde.

Marlene brauchte nicht aufzustehen, um ihn zu sehen. Er schien wie für sie gemacht, und sein Kreis lockte sie an. Sie sah ihn. Sie sah die Schatten auf seiner Oberfläche, und sie erinnerte sich daran, welche märchenhaften Geschichten über ihn geschrieben worden waren. Die Menschen gaben dem Mond an vielem die Schuld. Er besaß auch Kraft. Ebbe und Flut waren auf ihn zurückzuführen. Es gab nicht wenige Menschen, die unter ihm litten.

Auch in den Märchen spielte er eine Rolle. Und wie in einem Märchen kam sie sich vor. Nein, das war schon mehr als das. Sie sah es als eine böse Legende an, die keinen guten Schluss haben musste wie die meisten der Märchen, die man den Kindern erzählte.

Auch sie hatte hin und wieder in den Vollmond-Nächten unter Schlafstörungen gelitten. In dieser Nacht war es schlimmer, viel schlimmer, und so fragte sie sich, ob Lucy nur deshalb geholt worden war, weil der Vollmond am Himmel stand.

Durch ihren Kopf bewegte sich ein Gedankengang, der eigentlich verrückt und völlig irreal war. Aber sie konnte ihn auch nicht einfach wegschieben, denn sie erinnerte sich, gelesen zu haben, dass unter dem kalten Licht des Mondes die uralten Kräfte der Monstren aufblühten. Ihre Enkelin war von einem Monster geholt worden. Als ihr das in den Sinn kam, begann sie zu frieren.

Das Monster aus dem Wald …

Schrecklich. Völlig absurd und unnatürlich, aber doch eine verdammte Tatsache.

Marlene schüttelte sich. Im Glas schimmerte noch der Rest des Getränks. Sie schluckte das Zeug. Wieder musste sie sich schütteln. Das Unwohlsein hatte der Selbstgebrannte vertrieben, nicht jedoch die Furcht, die jetzt wieder in ihr hochstieg und so schleichend war. Sie breitete sich aus, sie war überall. Sie übernahm die Frau, über deren Rücken ein kalter Schauder rann.

Marlene wohnte recht einsam. Sie hatte sich niemals unsicher gefühlt, aber das änderte sich nun. Sie war unsicher geworden. Die Angst war wie Nadelstiche, die jeden Teil ihres Körpers erwischten.

Wieder drang der Schweiß aus ihren Poren. Plötzlich glaubte sie sich von unsichtbaren Feinden belauert zu sehen, und sie hörte Geräusche im Haus, die zwar irgendwie immer vorhanden waren, weil es überall in den Ecken und Winkeln arbeitete, doch nun kamen sie ihr unheimlich vor. Die Nacht war noch nicht beendet. So oder so nicht. Etwas würde passieren, das spürte sie. Es lag in der Luft, es hatte sich ihr genähert, aber sie sah nichts. Nur ihre Gänsehaut zeugte davon.

Wieder schaute sie aus dem Fenster.

Draußen hatte sich nichts verändert. Der einsame Lampenschein brachte nicht viel Licht. Das meiste wurde von der Dunkelheit aufgesaugt. Sie kam sich so verlassen und einsam vor – und ...

Schlagartig veränderte sich etwas bei ihr. Sie war nicht mehr in Gedanken versunken, denn die Bewegung draußen hatte sie aufmerksam werden lassen.

Da war etwas!

Vor dem Haus. Vor der Tür. Und es war auch durch den Lichtschein gehuscht. Marlene King blieb starr sitzen. Sie glich jetzt einer Puppe, die jemand an den

Tisch gesetzt und vergessen hatte. Nein, diese Bewegung hatte sie sich nicht eingebildet. Der Schatten war durch das Außenlicht geglitten. Allerdings so schnell, dass sie nichts Konkretes hatte erkennen können.

Ein Tier? Ein Mensch?

Marlene kannte die Antwort nicht. Sie spürte nur den Druck, der auf ihr lastete. Er war schlimm und trieb ihr den Schweiß noch stärker aus den Poren.

Es war sehr still geworden. Auch sie hielt den Atem an. Es wäre für sie frevelhaft gewesen, die Stille zu stören. So konnte sie sich konzentrieren und merkte genau, wie heftig ihr Herz klopfte.

Sie starrte nach wie vor das Viereck des Fensters an. Die Luft in der Küche war so schwer geworden. Sie lastete auf ihr wie ein mächtiger Druck.

Es gab keine Geisterwelten! Oder doch? Marlene war sich plötzlich unsicher geworden. Nichts stimmte mehr, seit ihre Enkelin gegangen war. Alles, auf das sie vertraut hatte, war einfach auf den Kopf gestellt worden.

Täuschung oder nicht?

Nein, keine Täuschung, denn plötzlich hörte sie das schrille Geräusch der Türklingel...

Schlagartig kehrte die Angst wieder zurück. Sie schaffte es nicht, sich gegen dieses Grauen zu wehren. Es schlich sich heran. Es übernahm sie. Es sorgte dafür, dass sie kaum atmen konnte und noch immer wie festgewachsen auf dem harten Stuhl sitzen blieb.

Marlene King wünschte sich so sehr, sich getäuscht zu haben. Leider war es nicht der Fall. Kein Irrtum, keine Täuschung, denn die Klingel meldete sich zum zweiten Mal.

Und dieses Geräusch riss sie aus der Erstarrung. Es kam Leben in sie. Ruckartig stand sie auf.

Sie handelte rein automatisch. Es war ihr auf einmal egal, wer da etwas von ihr wollte. Zwar konnte sie sich nicht vorstellen, wer sie besuchte, aber sie wollte nachschauen.

Jetzt schlug ihr Herz wieder schneller, die Angst war nicht besiegt, aber die Neugierde auch nicht.

Marlene King öffnete die Tür!

Sie spürte den kalten Luftschwall, der sie traf – und aus ihrem Mund löste sich ein Schrei.

Vor ihr stand Lucy!

Es war schon verrückt. Ein Werwolf, der in einer Falle steckte und der von uns zusätzlich gefesselt worden war. Ein Plan, der vielleicht klappen konnte, aber ungewöhnliche Vorfälle erfordern eben ungewöhnliche Maßnahmen. Die hatten Suko und ich eingeleitet, denn es war uns tatsächlich gelungen, einen Arzt zu alarmieren. Er kam zusammen mit einem Krankenwagen, den wir auch haben mussten, wenn alles normal lief.

Es war normal gelaufen.

Und für uns war etwas passiert, das wir bisher noch nicht so erlebt hatten. Dem Arzt war es tatsächlich mit Hilfe eines Mittels gelungen, die Bestie zu betäuben.

Er selbst war davon überrascht, schüttelte den Kopf und flüsterte: »Verdammt, das ist eine Bombe gewesen.« Er lachte, weil er es noch immer nicht fassen konnte. Mit starrem Blick schaute er auf die Bestie, die leblos vor uns lag.

Sie war noch immer angekettet und durch die Handschellen gefesselt. Das Fangeisen konnten wir lösen, denn Suko, der Tüftler, beschäftigte sich mit dem Schloss. Es war primitiv, aber man brauchte einen Schlüssel. Aus einem gefundenen Stück Draht bog ihn Suko zurecht, und nach einigem Werkeln hatte er es geschafft, das Schloss zu öffnen. Der Arzt schaute sich auch das verletzte Bein an und konnte darüber nur den Kopf schütteln.

»Was sagen Sie?«, fragte ich.

»Das sieht grauenhaft aus. Irgendwann wäre das Bein ab gewesen.«

»Ich denke, dass wir Sie am Morgen noch brauchen werden«, sagte ich.

»Ach ja?«

»Wenn er wieder seine menschliche Gestalt zurückgewonnen hat, müssen Sie sich um die Verletzung kümmern.«

»Nein, Sinclair, so geht das nicht. Ich habe ab morgen Urlaub. Gegen Nachmittag fliege ich mit meiner Frau nach Spanien. Das kann auch ein Kollege übernehmen. Zum Glück weiß ich ja, wer Sie sind. So kann mich wenig erschüttern.«

»Okay, dann halten wir es so.«

»Danke, das ist wunderbar.«

Wir ließen den Werwolf gefesselt. Suko und ich hoben den Körper an, der alles andere als leicht war. Dann schleppten wir ihn dem Ausgang der Röhre entgegen und legten ihn auf eine Trage, mit der zusammen er im Wagen verschwand.

»Einer muss bei ihm bleiben – sicherheitshalber«, sagte Suko.

»Du?«

»Klar. Dann nimm du den Wagen.«

Ich war einverstanden. Wir klatschten uns ab. Ich ging zum Rover. Mir war klar, dass ich in der Nacht keinen tiefen Schlaf mehr finden würde. Vor allen Dingen nicht bei mir in der Wohnung. Ich würde die Stunden in der Nähe des Werwolfs verbringen. In einem unterirdischen Zellentrakt des Yard, in dem es ausbruchsichere Zellen gab.

Der Kollege Smith hatte auf mich gewartet. Er war blass und litt noch immer unter dem Erlebten. »Das war ja wie in einem Horror-Film, Sir.«

»Klar, das können Sie so sehen. Nur würde ich sagen, dass die Realität noch schlimmer ist.«

»Und Sie haben mit solchen Dingen immer zu tun?«

Ich zuckte mit den Schultern. »Meistens.«

»Soll ich Sie beneiden?«

»Bestimmt nicht.«

»Danke.« Er ging. Wahrscheinlich dachte er darüber nach, welche Überraschungen die Welt noch für ihn bereithielt.

Ich stieg in den Rover und musste daran denken, dass der Fall erst jetzt richtig begonnen hatte. Jedenfalls hatten wir wieder ein verdammtes Problem am Hals ...

»Darf ich eintreten, Großmutter?«

Es war eine schlichte Frage. Allerdings sorgte sie bei Marlene King für einen Schauer. Wieder hatte sie den Eindruck, neben sich zu stehen. Sie blickte nach vorn und damit in das Gesicht ihrer Enkelin, die im Licht stand und eigentlich so aussah wie immer. Sie hatte sich nicht verändert. Noch immer wirkte sie so unschuldig. Das blonde Lockenhaar glänzte im Licht. Sie trug noch immer ihren Bademantel. Marlene bemerkte wohl, dass er einige Verschmutzungen auswies, ansonsten jedoch in Ordnung war.

Wie auch Lucy. Auf ihrem runden, noch kindlichem Gesicht lag ein Lächeln. Es hätte auch ein Strahlen sein können, denn sie wirkte so, als hätte sie das Licht des Mondes mit ihrem Gesicht eingefangen, das sich sogar in ihren Augen widerspiegelte.

»Darf ich eintreten?«, wiederholte sie.

Marlene erwachte aus ihrer Erstarrung. »Ja, natürlich, Kind. Komm, du bist hier zu Hause.« Zögerlich streckte sie der Enkelin die Hand entgegen.

Lucy übersah sie. Nur zwei Schritte brauchte sie zurückzulegen, dann stand sie im Haus. Ihre Großmutter schloss die Tür noch nicht. Sie blickte in die Dunkelheit jenseits des Lichtscheins hinein, um zu sehen, ob sich dort etwas bewegte oder lauerte.

Nein, das war nichts. Sie konnte nichts ausmachen. Allem Anschein nach war Lucy allein gekommen. Es gab keinen Wolf. Es gab auch kein anderes Tier, das sie begleitet hätte. Man hatte sie freigelassen. Marlene wusste nicht, ob sie sich darüber freuen sollte oder nicht. In dieser Nacht lief alles verkehrt. Da war die normale Welt auf den Kopf gestellt worden. Das, was es eigentlich nicht geben sollte oder konnte, hatte die Regie übernommen.

Sie schloss die Tür, leise und in Gedanken versunken. Marlene wusste auch nicht, ob sie sich über Lucys Rückkehr freuen sollte oder nicht. Es kam ihr alles so fremd vor. Sie fragte sich, ob sich das Verhältnis zu ihrer Enkelin wieder normalisieren würde.

Sie schaute Lucy an.

Die Zwölfjährige gab sich ganz natürlich. Sie strich mit einer lässigen Handbewegung einige Locken aus der Stirn und nickte in Richtung der offenen Küchentür. Im Raum dahinter brannte das Licht. Der Schein fiel bis in den Flur hinein.

»Kann ich was trinken, Großmutter?«

»Aber sicher kannst du das – komm!« Marlene hatte versucht, ihrer Stimme einen normalen Klang zu geben. Sie hoffte auch, es geschafft zu haben, aber ihre Gedanken drehten sich nach wie vor um das kurzzeitige Verschwinden ihrer Enkelin.

Das Mädchen betrat die Küche und schaute sich dort um wie eine Fremde. Die Schnapsflasche stand noch auf dem Tisch und ebenfalls das Glas.

»Hast du etwas getrunken?«

»Das musste ich. Es hat mir gut getan, Kind.«

»Ich will aber nicht.«

»Keine Sorge, du bekommst einen Saft. Setz dich hin, ich bringe ihn dir.«

Lucy nahm am Küchentisch Platz, und zwar dort, wo sie eigentlich immer saß. Hier fühlte sie sich wohl, und auch jetzt schien sie völlig normal zu sein. Sie schaute sich um, sie streckte ihre Beine aus, und Marlene sah den Schmutz aus dem Wald an ihren flachen Schuhen, die mehr Pantoffeln glichen.

Marlene stellte das mit Saft gefüllte Glas vor ihre Enkelin, die sich mit einem Nicken bedankte. Dann schaute sie zu, wie das Kind trank. Lucy hatte großen Durst. Sie trank das hohe Glas fast leer, und als Marlene fragte, ob sie noch einen Schluck haben wollte, schüttelte sie den Kopf.

»Ich freue mich so, dass du wieder bei mir bist, Kind. Ich habe mir große Sorgen gemacht.«

»Ach, das war doch nicht nötig.«

Die Frau lachte, obwohl ihr nicht danach zumute war. »Das sagst du so, Kind. Versetz dich mal in meine Lage. Was hättest du getan, wenn deine beste Freundin plötzlich von einem Wolf oder einem ähnlichen Tier mitten in der Nacht abgeholt worden wäre?«

Lucy erwiderte zunächst nichts. Sie schaute ihrer Großmutter ins Gesicht. Nach einer Weile lächelte sie und meinte: »Es ist nichts passiert.«

»Ha, das sagst du. Aber es hätte etwas passieren können, das darfst du nie vergessen. Ich habe gezittert. Ich habe gebetet. Ich bin beinahe verrückt geworden, und jetzt sitzen wir hier in der Küche beisammen, als wäre nichts geschehen. Das kann ich wirklich nicht begreifen. Es hängt auch nicht damit zusammen, dass ich viel älter bin als du. So etwas kann es nicht geben. Das darf es auch nicht geben, denke ich mir.«

»Warum denn nicht?«

Die schlichte Frage brachte Marlene King etwas aus dem Konzept. Sie suchte nach den richtigen Worten. Ihre Hände fuhren dabei über die glatte Tischplatte hinweg. »So etwas gehört nicht in unser Leben hinein, Kind. Das sind Dinge, die nur in den Geschichten und Märchen passieren.«

»Meinst du?«

Marlene hatte den leicht spöttischen Klang in der Stimme nicht überhört. Sie begann sich zu ärgern, weil sie sich zudem unsicher fühlte.

»Ja, das meine ich«, sagte sie trotzdem und bekräftigte die Antwort durch ein Nicken. »Das lasse ich mir auch nicht nehmen. Was hier passierte, gehört nicht in den normalen Alltag.«

»Für mich schon.«

»Und wieso?«

»Es gibt doch viele Wunder, Großmutter.«

»Aha. Und du glaubst, dass dein Erlebnis so etwas wie ein Wunder gewesen ist?«

»Ja, das glaube ich.«

Marlene King wusste nicht mehr, was sie sagen sollte. Sie konnte es wahrlich nicht als ein Wunder ansehen, für sie war es nach wie vor einfach nur schrecklich.

Aber ihre Enkelin verspürte keine Angst. Sie saß ihr gegenüber, und auf dem Gesicht malte sich ein Lächeln ab, das ihr die Erinnerung an das Geschehen schickte.

Der Wolf war für sie nach wie vor ein grausames Tier. Er griff normalerweise keine Menschen an, aber wenn er Hunger hatte, vergaß er das. Nur eben nicht hier, nicht in Mitteleuropa, sondern mehr im Osten. Da las man immer wieder vom Auftauchen der Wölfe, wenn sie in kleine, abgeschiedene Dörfer eindrangen.

»Was hat er dir angetan?«, fragte Marlene King direkt.

»Nichts, Großmutter.«

»Ha, das soll ich dir glauben?«

»Ja, du musst es. Oder siehst du etwas? Schau mich an, mir ist nichts passiert.«

Marlene hob die Schultern. »Zumindest nichts Äußerliches, da hast du schon Recht.«

»Dann kannst du doch zufrieden sein!«

Marlene beugte sich vor und schüttelte den Kopf. »Nein, das kann ich nicht, Kind. Ich kann einfach nicht zufrieden sein, tut mir Leid. Nicht nach dem, was du erlebt hast. Das ist einfach unmöglich für mich. Das kann ich nicht nachvollziehen.«

»Aber ich.« Lucy hatte geflüstert und legte jetzt den Kopf zurück. »Ich kann es nachvollziehen, weil es eben wunderbar gewesen ist. Der Wolf hat mir nichts getan. Er ist ein Freund, und ich bin nicht das Rotkäppchen aus dem Märchen.«

»Was bist du dann?«

»Ich weiß es noch nicht.«

Marlene King schwieg. Sie suchte noch nach Worten,

und dabei schaute sie ihre Enkelin sehr genau an. Der Wolf konnte Spuren hinterlassen haben. Er war mit ihr in den Wald gegangen, und die schrecklichsten Dinge kamen ihr dabei in den Sinn, aber auch sie hatten keine Spuren bei Lucy hinterlassen. Sie sah keine Verletzungen, keine Kratzer irgendwelcher Pfoten, und sie musste zugeben, dass vor ihr ein sogar glückliches Kind saß, was ihr nicht in den Kopf wollte.

Lucy lächelte wie jemand, der sich an etwas Schönes erinnert. Dann griff sie zum Glas und trank auch den Rest aus. Danach nickte sie entschlossen, stellte das Glas wieder zurück und sagte mit leiser Stimme: »Ich werde jetzt nach oben in mein Zimmer gehen und mich wieder hinlegen.«

Das überraschte Marlene. »Du willst tatsächlich schlafen, Kind?«

»Ja, das möchte ich.«

»Kannst du das denn?«

»Warum denn nicht.«

Marlene rang die Hände. »Himmel, was du alles erlebt hast. Das ist doch unmöglich.«

»Bitte, Großmutter, was habe ich denn erlebt?«

»Das musst du doch wissen.«

»Eben.«

»Und?«, fragte Marlene, »du willst es mir nicht erzählen?«

Lucy schüttelte den Kopf.

»Warum denn nicht? Wir ... wir ... ich meine, es gab zwischen uns immer ein Verhältnis des Vertrauens. Soll das denn jetzt einfach gebrochen sein? So urplötzlich?«

»Das weiß ich noch nicht. Aber ich werde darüber nachdenken. Jetzt bin ich müde.« Lucy stand auf und lächelte breit. »Und ich weiß, dass ich sehr gut und auch sehr tief schlafen werde, denn ich habe einen Beschützer gefunden.«

Das war zuviel für Marlene. »Du nennst diese Bestie einen Beschützer, Kind?«

»Sie ist keine Bestie, Großmutter. Der Wolf ist ein Freund. Der beste, den ich bisher hatte.« Nach dieser Antwort hielt es sie nicht mehr in der Küche. Ohne ein weiteres Wort lief sie aus dem Raum und die Treppe hoch, wo ihre Schritte verhallten.

Marlene blieb auf dem Stuhl sitzen und schaute ins Leere. Es war schrecklich für sie, denn in dieser Sekunde traf sie die Erkenntnis, dass sie ihre Enkelin verloren hatte, und das war für sie einfach unbegreiflich. All diese Jahre waren dahin. Die Freude, die sie miteinander gehabt hatten, aber auch die kleinen Streitigkeiten, die ebenfalls zum Leben gehörten, all das sollte es plötzlich nicht mehr geben, weil das Kind einen anderen und auch einen gefährlichen Weg gegangen war.

Oben schlug Lucy die Tür ihres Zimmers heftig zu, Marlene schrak zusammen. Dieser Krach hatte so etwas Endgültiges an sich. Unwillkürlich begann sie zu zittern.

Jetzt war sie wieder allein. Noch wie vor kurzem, als Lucy im Wald verschwunden war. Seltsamerweise fühlte sie sich nicht besser, obwohl sich Lucy jetzt im Haus aufhielt. Für Marlene stand fest, dass etwas mit ihr passiert war. Nicht äußerlich, da hatte sie völlig normal ausgesehen, aber es hatte in ihrem Innern eine Veränderung gegeben. Ihre Seele war nicht mehr die Gleiche. Sie dachte jetzt anders als früher. Sie war ... Marlene dachte nach. War sie erwachsen geworden?

Nein, das stimmte auch nicht. Ihre Enkelin hatte eine Veränderung durchlebt. Für Lucy selbst war es ein Höhepunkt, für ihre Großmutter genau das Gegenteil.

Sie dachte darüber nach, ob sie ihren Sohn anrufen und ihm und seiner Frau von der Veränderung berichten sollte. Nein, noch nicht. Das Problem hätte sie den beiden am Telefon nicht näherbringen können. Das lag tiefer, und sie war erwachsen und alt genug, um selbst eine Lösung zu finden.

Mit beiden Handflächen wischte sie durch ihr Gesicht und spürte den kalten Schweiß, den sie von der Haut abstreifte. Marlene wusste selbst nicht, wie sie sich fühlte. Ausgeklammert, abseits stehend. Im Wald war mit ihrer Enkelin etwas geschehen, und das hing auch mit dem verdammten Wolf zusammen, auf dessen Seite sie stand. Schrecklich für Marlene war, dass dies erst der Anfang war. Bei einem einmaligen Besuch würde es sicherlich nicht bleiben.

Was tun?

Ich kann nicht hier herumsitzen und mich den trüben Gedanken hingeben, dachte sie. Da werde ich noch verrückt. Ich muss etwas unternehmen.

Das hing mit ihrer Enkelin zusammen. Vielleicht war sie jetzt zur Vernunft gekommen und ließ mit sich reden. Sie musste auch nicht unbedingt schon schlafen. Marlene erinnerte sich daran, wie oft sie auf der Bettkante ihrer Enkelin gesessen, sie getröstet oder ihr etwas vorgelesen hatte. Es war für sie stets eine schöne Stunde gewesen, doch in dieser Nacht fürchtete sie sich ein wenig davor, das Zimmer des Mädchens zu betreten.

Mit leisen Schritten stieg sie die Treppe hoch. Ihr Herz klopfte schneller, je näher sie Lucys Tür kam. Sie betrat das Zimmer noch nicht und neigte zunächst ein Ohr gegen die Tür. Es war nichts zu hören. Beruhigt war Marlene trotzdem nicht, deshalb bückte sie sich und warf einen Blick durch das Schlüsselloch.

Dass im Zimmer noch Licht brannte, hatte sie an dem hellen Streifen erkannt, der sich am Boden der Tür anmalte.

Viel konnte Marlene nicht erkennen. Aber sie sah einen Teil des Betts, und es war belegt.

Klopfen oder nicht?

Marlene entschied sich dagegen. Es war seltsam, aber in diesem Fall fühlte sie sich schon wie ein Eindringling, als sie die Hand auf die Klinke legte und jetzt hoffte, dass Lucy die Tür nicht von innen abgeschlossen hatte.

Das tat sie eigentlich nie, und daran hatte sie sich auch in dieser Nacht gehalten.

Marlene drückte die Tür behutsam nach innen und lächelte, als das so lautlos geschah. Lucy meldete sich auch nicht. Sie schlief, obwohl das Licht der kleinen Lampe ihren Schein abgab, der auch die obere Betthälfte erreichte.

Auf Zehenspitzen überschritt Marlene die Schwelle. Wie eine Puppe lag Lucy in ihrem Bett. Ihr Gesicht wirkte völlig entspannt. Hinzu kam das blonde Lockenhaar. In dieser Haltung glich sie wirklich einem schlafenden Engel. Als Engel war sie früher auch bezeichnet worden, aber das schien für Marlene in diesen Augenblicken um Lichtjahre zurückzuliegen.

Noch immer schlich sie an das Bett heran, ohne dass ihre Enkelin etwas bemerkte. Lucy lag auf der linken Seite. Sie hatte sich nicht ganz zudeckt. Der rechte Arm lag frei, und der Ärmel des Nachthemds war nach oben geschoben. Den Bademantel hatte das Mädchen abgestreift. Er hing über der Lehne eines Stuhls.

Der Atem drang regelmäßig aus dem Spalt zwischen den Lippen. Das Gesicht zeigte um die Mundwinkel herum ein Lächeln. Wer so aussah, der musste wirklich schöne Träume haben, und die gönnte die Großmutter ihrer Enkelin.

Auf der anderen Seite war sie auch vorsichtig, denn mit deren Träumen konnte sie sich nicht identifizieren. Sie drehten sich vermutlich um Themen, die sie ablehnte.

Marlene zweifelte, wie es weitergehen sollte. War es sinnvoll, Lucy zu wecken? Würde sie ihr mehr über das Abenteuer mit dem Wolf erzählen? Sie wusste es nicht. Sie überlegte und beugte dabei den Oberkörper nach vorn. Die Arme hielt sie ausgestreckt, und ihre Hände lagen auf den unteren Enden der Oberschenkel.

»Kind«, flüsterte sie. »Was machst du nur für Sachen? Wie soll ich das deinen Eltern beibri...«

Sie verstummte mitten im Satz. Plötzlich zog sich bei Marlene die Haut im Nacken zusammen, und sie hatte das schreckliche Gefühl, in einer Klammer zu stecken.

Man hatte ihr nichts getan, das vorweg, aber der Schatten auf dem freiliegenden Arm war nicht zu übersehen. Ein schwacher, ein dunkler Schatten, den sie zuvor bei ihrer Enkelin noch nie gesehen hatte. Jetzt war er nicht zu übersehen.

Marlene musste sich schon überwinden, um den Arm anzufassen. Sie wollte genau wissen, was der Schatten zu bedeuten hatte, und strich behutsam mit den Fingerspitzen darüber hinweg.

Die Wahrheit traf sie brutal.

Das war kein Schatten, über den sie strich, denn Schatten ließen sich nicht fühlen. Was da an ihren Fingerkuppen entlangglitt, waren feine Härchen – fast wie Fell...

Marlene King stand neben dem Bett und zitterte wie das berühmte Espenlaub. Die Hand hatte sie wieder zurückgezogen, denn sie wollte ihre Enkelin nicht mehr anfassen. Für sie war die Kleine zu einem anderen Menschen geworden. Lucy hatte nichts von der Berührung bemerkt. Sie schlief ruhig weiter. Keine wilden Träume, was sich durch das Flattern der Lider bemerkbar gemacht hätte, sie blieb ruhig liegen, und auch das Lächeln blieb auf ihren Lippen.

Sie schien wunderschöne Träume zu haben. Sie war eingetaucht in eine andere Welt, von der Marlene keine Ahnung hatte. Was hier ablief, hatte brutal einen Schnitt in ihrem Leben hinterlassen. Es war für sie unverständlich.

Sie fasste den Arm ihrer Enkelin nicht mehr an, aber sie schaute noch einmal hin. Auch wenn sie ihn nur anblickte, war der dunkle Flaum zu sehen, der sich deutlich von der Haut abhob. Da war tatsächlich etwas gewachsen oder gesprossen wie bei einem Tier. Vom Handrücken bis hin zum Oberarm zog sich der Flaum hin, aber hatte noch nicht das Gesicht erreicht. Es beruhigte Marlene irgendwie, obwohl sie insgeheim davon ausging, dass die Verwandlung noch nicht ganz beendet war.

Was soll ich tun?

Marlene King stellte sich die Frage mehrere Male, ohne eine Antwort zu finden. Nur etwas stand für sie fest, und das war ihre eigene Hilflosigkeit. Ja, sie stand hilflos vor diesem Problem. Sie, die Großmutter, die immer wieder Rat gewusst hatte, musste in diesem Fall einfach passen.

Es fiel ihr verdammt schwer, sich dies einzugestehen, aber hier war etwas geschehen, für das sie keine Erklärung hatte. Es überstieg einfach ihr Begriffsvermögen.

Sie wollte nicht länger bei Lucy bleiben. Sie schenkte

ihrer Enkelin noch einen abschiednehmenden Blick, presste die Lippen zusammen und kämpfte mit den Tränen. Es lag nicht nur am Zustand des Mädchens, es lag auch daran, dass ihr das Handeln einfach aus den Händen genommen war. Hier gaben andere den Ton an, und sie stand einfach nur daneben und schaute zu.

Marlene King verließ das Zimmer und ging wieder zurück in ihre Küche. Es war schon komisch, aber in diesem Raum fühlte sie sich am wohlsten. Sie setzte sich an den Tisch, schaute aus dem Fenster und sah noch immer den Vollmond am Himmel. Ein heller Kreis malte sich dort ab, der wie in die Dunkelheit geschnitten wirkte. Marlene schauderte, als sie das Licht sah und begriff, dass der Mond etwas damit zu tun haben konnte.

Als sie sich einen weiteren Drink einschenkte, verschüttete sie einen Teil, so sehr zitterten ihre Hände. Sie redete sich ein, diesen scharf-süßen Honigschnaps zu brauchen, deshalb kippte sie das Zeug mit einem Ruck in die Kehle. Danach schüttelte sie sich und rang etwas nach Luft.

Wie sollte es weitergehen?

Diese Frage stand vor ihr. Sie war auch nicht wegzudiskutieren. Es entsprach der Logik. Die Welt würde nicht aufhören, sich zu drehen, und überall auf ihr würde alles wieder normal ablaufen. Auch wenn die Unnormalität Einzug gefunden hatte.

Marlene King gab sich selbst gegenüber zu, keine Expertin zu sein. Andererseits war sie auch nicht so naiv, um nicht gewisse Zusammenhänge zu erkennen. Der genossene Alkohol hatte ihr Gehirn auch nicht benebelt; sondern auf eine gewisse Art und Weise frei gemacht für bestimmte Überlegungen und Folgerungen.

Sie sah ihre Enkelin als Mensch, und sie sah im Gegensatz dazu den Wolf.

Mensch und Wolf kamen normalerweise nicht zusammen, nicht so intensiv. Schon stellte sie sich die nächste Frage, und die sah sie nun glasklar vor sich.

War dieser Wolf eigentlich ein normaler Wolf gewesen, oder hatte er etwas anderes an sich gehabt? Sie schaffte es nicht, sich anders auszudrücken, aber dieser Gedankengang war für sie so etwas wie eine Brücke, über die sie steigen musste. Es gab etwas zwischen ihrer Enkelin und dem Wolf. Da existierte eine Verbindung, ein Band, denn sie hatte ihn wie einen lang ersehnten Freund begrüßt. Demnach musste sie schon vorher Kontakt mit ihm aufgenommen haben, und darüber wollte Marlene nachdenken.

Schon Sekunden später verwarf sie den Gedanken wieder. Fest setzte sich in ihrem Kopf nur etwas anderes. Der Kontakt zwischen Mensch und Tier war sehr intensiv gewesen, sonst hätte es nicht zu dieser Verwandlung kommen können.

Als ihre Gedanken diesen Punkt erreicht hatten, fiel ihr etwas ein. Marlene sah es noch nicht als einzig existierende Lösung an, aber der Gedanke ließ sie nicht mehr los. Sie erinnerte sich an frühere Jahre, als sie alles Mögliche gelesen hatte. Auch gewisse Filme waren ihr nicht fremd gewesen, und dann erschien der Begriff Werwolf immer deutlicher in ihren Überlegungen.

Ja, genau das konnte es gewesen sein. Ihre Enkelin hatte keinen Kontakt zu einem normalen Wolf gehabt, sondern zu einem Werwolf, der irgendetwas mit ihr angestellt hatte.

»Verrückt«, flüsterte sie vor sich hin und schenkte einen weiteren Drink nach. »Das ist doch Wahnsinn. Es gibt keine Werwölfe.« Außerdem verwandelte sich ein

Mensch in einen Werwolf, wenn er von der Bestie gebissen wurde, und das war bei ihrer Enkelin nicht der Fall gewesen. Zumindest hatte sie keine Wunde entdeckt.

Trotzdem wiesen alle Anzeichen auf eben diese Bestie hin. Der Gedanke daran sorgte für ein Kribbeln auf ihrem Körper. Sie zog die Schultern hoch und merkte, wie ihr kalt wurde. Ein junges Mädchen als Werwölfin unter ihrem Dach zu wissen, das war mehr, als sie verkraften konnte.

»Gott, was mache ich nur?«

Ihr kam sogar der Gedanke an Flucht in den Sinn. Sie wollte so schnell wie möglich das Haus verlassen und sich irgendwo verstecken, doch auch das hatte keinen Sinn. Man konnte seinem Schicksal nicht davonlaufen.

Mit einer müden Bewegung strich Marlene King ihre grauen Haare zurück. Sie starrte ins Leere. Plötzlich waren die normalen Gedanken abgerissen. Sie musste sie erst wiederfinden und war sich dann darüber im Klaren, dass es so einfach nicht weiterging. Sie konnte die Dinge nicht laufen lassen, sie musste etwas unternehmen. Sie brauchte einfach fremde Hilfe. Und sie brauchte Helfer, die sie nicht auslachten, sondern denen sie vertrauen konnte.

Wer kam in Frage?

Marlene quälte sich bei diesen Gedanken. Sie ließ zahlreiche Menschen, die sie kannte, vor ihrem geistigen Auge Revue passieren, doch eine Lösung fiel ihr nicht ein. Zu stark waren eben die Gegensätze zwischen der Realität und der Lächerlichkeit.

Die Polizei!

Marlene sah es als die einfachste Lösung an. Auf der anderen Seite war es auch eine komplizierte. Sie hörte schon das Lachen der Beamten oder stellte sich ihre mitleidigen Blicke vor, wenn sie mit ihren Erzählungen anfing.

Die Polizei schon, aber da musste es eine bestimmte geben. Nicht den kleinen Revierposten, sondern weiter nach oben gehen. Ihr fiel nur Scotland Yard ein.

Das war nicht schlecht. Marlene fühlte sich bei diesem Gedanken besser. Sie konnte sogar lächeln, denn sie kannte jemanden, der beim Yard beschäftigt war.

Der junge Mann war nicht weit von ihr entfernt aufgewachsen. Er musste jetzt um die 30 sein. Im Ort hatte sie ihn ein paar Mal getroffen, und dann hatten sie sich unterhalten.

Er war stets sehr freundlich gewesen, und sie hoffte, dass er auch dienstlich nicht anders war.

Ihm wollte sie Bescheid geben. Er wusste vielleicht Rat. Dabei war Marlene nicht bekannt, in welch einer Abteilung des Yard er arbeitete, aber er kannte möglicherweise die richtigen Leute, und das war für sie sehr wichtig.

Am liebsten hätte sie ihn jetzt mitten in der Nacht angerufen, so sehr drängte es. Nur wollte sie das auch nicht. Man hätte sie für hysterisch halten können.

Da war es schon besser, wenn sie bis zum frühen Morgen wartete und gemeinsam mit ihrer Enkelin unter einem Dach blieb. Schlaf würde sie kaum finden. Marlene wollte sich auch nicht in ihr Bett legen. Sie blieb lieber sitzen und würde auch in der Küche irgendwann in einen leichten Schlummer fallen.

Das passierte sogar. Da fiel sie nach vorn und berührte mit der Stirn die Tischplatte. Aber sie schreckte auch wieder hoch und wusste nicht, wie lange sie geschlafen hatte.

Ein typisches Geräusch hatte sie geweckt. Das harte Zuschlagen einer Tür.

Im ersten Moment war sie durcheinander. Erst als sich Marlene die Augen gerieben hatte, schaffte sie es wieder, klarer zu denken. Ins Haus war niemand gekommen, es war höchstens jemand gegangen. Da dachte sie sofort an ihre Enkelin.

Der Blick war noch immer auf das Fenster gerichtet. Der Mond stand am Himmel, aber der Schein rund um den Eingang stammte von der Außenleuchte.

»Nein!«, flüsterte Marlene plötzlich und drückte sich in die Höhe. »Das kann nicht wahr sein.«

Sie stand auf. Der Mund schloss sich nicht mehr. Sie spürte den kalten Schauer auf ihrem Rücken. Sogar im Sitzen erwischte sie der Schwindel, und aus dem offenen Mund drangen leise Stöhnlaute.

Ihre Enkelin hatte das Haus verlassen. Sie ging am Rand des Lichtscheins entlang auf den Wald zu. Sekunden später schon hatte die Dunkelheit sie verschluckt.

Und aus weiter Ferne drang ein unheimlich klingendes Heulen an die Ohren der Frau.

Der Wolf rief, und Lucy gehorchte ...

Wir hatten einen Kollegen gebeten, uns bei Anbruch der Dämmerung zu wecken, und daran hatte sich der Mann auch gehalten, denn jemand rüttelte mich an der Schulter.

Ich war tatsächlich in einen tiefen Schlaf gefallen, aus dem ich nur mühsam hervorkroch.

»Kaffee, Sir?«

Besonders das erste Wort trieb mich hoch. Ich setzte mich hin, fuhr noch durch mein Gesicht, rieb die Augen und schüttelte den Kopf. Da dämmerte es mir auch, wo ich mich befand. Nicht zu Hause, sondern in einem sehr kahlen Raum, der als Übernachtungszelle diente für Menschen, die hier zu tun hatten.

Der Duft des Kaffees stieg mir in die Nase. Zum Glück hatte der Kollege das Getränk nicht am Automaten gezogen, sondern selbst gekocht. Es befand sich auch in einem Becher aus Porzellan, dessen Henkel ich umfasste.

»Danke, Mr. Wilson.«

»Keine Ursache. Ich weiß ja, wie es mir geht.«

Ich nahm die ersten Schlucke zu mir. Das Zeug war heiß, aber genau richtig. Mein Blick glitt über den Rand der Tasse hinweg. In diesem fensterlosen Raum konnte man schwermütig werden, denn hier gab es nichts Freundliches. Abgesehen von zwei Pritschen, einem Tisch und zwei Stühlen. Die zweite Pritsche war leer, doch ich erinnerte mich daran, dass Suko dort gelegen hatte.

»Wo ist mein Partner?«, fragte ich.

»Im Waschraum. Er wollte sich etwas frisch machen.«

Ich nickte. »Richtig. Und wie sieht es mit unserem Schützling aus?«

Wilson strich über sein schütteres Rothaar. »Er ist noch nicht erwacht«, klärte er mich auf. »Ich habe Sie etwas früher geweckt. Die Morgendämmerung hat noch nicht begonnen.«

»Das war gut.«

Wilson, der hier unten das Kommando hatte und zu den älteren Kollegen gehörte, was ich gut fand, denn er war besonnener, schüttelte den Kopf. »Ich habe im Laufe meines Polizistenlebens schon einiges gesehen, und ich habe auch über Sie und Suko einiges gehört, aber ich hätte nie gedacht, dass die Dinge tatsächlich den Tatsachen entsprechen. Erst jetzt, wo ich die Gestalt mit eigenen Augen gesehen habe, ist mir dies bewusst geworden. Das ist wirklich unglaublich. Das bekomme ich nicht auf die Reihe, muss ich Ihnen sagen.«

»Es ist auch nicht normal.«

»So sieht also ein Werwolf aus, nicht?«

Ich nickte nach dem nächsten Schluck.

»Wie wird man dazu?«

»Tja«, sagte ich und schaute auf den Kaffee in der Tasse. »Da gibt es bestimmte Regeln. Man kann durch den Biss eines Werwolfes ebenfalls zu einer derartigen Bestie werden. Es ist praktisch das gleiche Prinzip wie bei den Vampiren, falls Ihnen die geläufiger sind.«

»Irgendwie schon.«

»Sehen Sie.«

»Trotzdem kann ich es nicht begreifen. Ich musste immer darüber nachdenken, und ich habe mir die Gestalt auch angesehen. Für mich ist sie auch gefesselt noch ein Monster.« Er verzog die Lippen zu einem Lächeln. »Komisch, nicht?«

»Das ist normal, würde ich sagen. Die Menschen sind eben geschockt, wenn man sie mit Tatsachen konfrontiert, die für sie bisher nur Legenden und unheimliche Geschichten gewesen sind.«

»Ich werde mit keinem darüber sprechen. Man würde mich auslachen, aber ich weiß jetzt, dass die Welt verdammt vielfältig ist, wenn auch nicht im positiven Sinne.«

»Damit müssen wir leben.«

»Sie mehr als ich.«

»Das stimmt, Mr. Wilson.«

Die Tür des Raumes wurde geöffnet, und Suko erschien. Er sah frischer aus als ich und grinste mich an. »Hi, Partner, auch wieder wach?«

»Wie du siehst.«

Er schloss die Tür und schaute auf die Uhr. »Ich denke, dass die Rückverwandlung bald einsetzt, John. Wir sollten nicht zu lange hier warten.«

»Hast du denn schon nachgeschaut?«

»Ja.« Suko setzte sich auf seine Pritsche. »Er lag noch ruhig in der Zelle.«

»Okay, dann komme ich gleich wieder.«

Ich verließ den Raum und gelangte in einen Flur, der ebenso trist war wie das Zimmer, aus dem ich gerade gekommen war. Zum Waschraum brauchte ich nur ein paar Schritte zu gehen. Auf die Dusche, die ich hätte nehmen können, denn hier duschten auch die Untersuchungsgefangenen, verzichtete ich.

Stattdessen stellte ich mich an eines der Waschbecken, ließ Wasser laufen und schleuderte das Nass gegen mein Gesicht. Es tat wirklich gut und machte mich wach. Meine Gedanken waren ebenfalls wieder fit, und natürlich drehten sie sich um den Werwolf, der sich in diesem verdammten Fangeisen verfangen hatte, das als Falle für dicke Ratten aufgestellt worden war.

Wo kam er her? Wer hatte für seinen Zustand gesorgt? Es waren die Fragen, auf die wir uns eine konkrete Antwort von ihm erhofften, denn von allein wird man nicht zum Werwolf. Es gab immer ein Geschöpf, das den Keim infiziert hatte. Für mich war dieser Mensch einfach zu einem Opfer geworden.

Mit einem kratzigen Handtuch trocknete ich mir das Gesicht ab. Meiner Uhr nach würde die Morgendämmerung in wenigen Minuten beginnen, und dann würde es auch zu einer Reaktion des Werwolfs kommen, wenn alles normal lief.

Ich ging wieder zurück zu Suko und Wilson. Deren Gespräch wurde unterbrochen, als ich den Raum betrat. Beiden nickte ich zu. »Ich denke, dass wir uns unseren Freund mal anschauen sollten.« Da Wilson ein bedenkliches Gesicht zog, wiegelte ich ab. »Sie müssen nicht, wenn sie nicht wollen.«

»Mal sehen, Mr. Sinclair. Trotzdem möchte ich mit Ihnen gehen.«

»Nichts dagegen.«

Diesmal gingen wir weiter als nur bis zum Waschraum. Das Deckenlicht war hell und kalt. Es fiel schattenlos in den langen Flur hinein, an deren linker Seite sich die Zellentüren befanden. Rechts standen in regelmäßigen Abständen Feuerlöscher, und auch zwei Kameras drehten sich unter der Decke.

Es gab hier unten keine Gittertüren. Jede Tür war kompakt und mit einem Fenster versehen, das geöffnet werden musste, um den Kontakt mit dem Gefangenen zu bekommen.

Vor der zweitletzten Tür blieben wir stehen. Zu hören war nichts. Keine Schreie, kein Heulen oder sonstiges Krakelen. Es blieb still, was uns etwas beruhigte.

Der Werwolf brauchte nicht unbedingt das Tageslicht zu sehen. Er würde spüren, wenn sich die Nacht verabschiedete und in den Tag überging. Dann veränderte sich auch bei ihm etwas, und es würde zu dieser Verwandlung kommen.

Ich wartete, bis Kollege Wilson das Guckfenster entriegelt hatte und zur Seite getreten war. Er war noch blasser geworden, als er es ohnehin schon war. Seine Lippen zuckten, als wollte er ein Lächeln andeuten. »Bitte, Sie können.«

Die Luke in der Tür war breit genug, so dass Suko und ich gemeinsam in den Raum schauen konnten. Viel gab es dort nicht zu sehen. Die Pritsche, der

Schrank, der Tisch, der Stuhl, die Toilette und an der Decke das vergitterte Viereck für die Luftzufuhr.

Der Werwolf lag auf der Pritsche. Wir hatten ihm die Fesseln abgenommen. Seine Beinwunde war von dem Arzt behandelt und gesäubert, aber nicht verbunden worden.

Er lag auf dem Rücken. Aber er war unruhig geworden. Er spürte bereits die Veränderung, die sich draußen vollzog. Seine Pranken zuckten, sein Kopf bewegte sich von links nach rechts. Die Augen standen offen. Hin und wieder glitt sein kalter Blick auch an der Tür hoch bis zur Luke. Ob er uns damit erwischte, ließ er sich nicht anmerken. Er stand einfach unter zu starkem Stress.

Die Schnauze war nicht geschlossen. Aus seiner Kehle drangen fauchende und krächzende Laute hervor. Er lag noch, aber hin und wieder drückte er seinen Kopf in die Höhe.

Ich wusste, dass jede Verwandlung von Werwölfen mit Schmerzen verbunden war, und das würde auch an diesem Unbekannten nicht vorbeigehen.

Er kämpfte.

Er schlug um sich. In seinem Körper verstärkte sich die andere Kraft, und auch die Geräusche verstärkten sich. Immer wieder hämmerten seine Pranken gegen die Kante der Pritsche. Das Keuchen und Knurren verwandelte sich in ein jämmerlich klingendes Heulen.

Ich merkte es Wilson an, dass er trotz allem gern einen Blick in die Zelle geworfen hätte. Deshalb trat ich zur Seite, damit er freie Bahn hatte.

Nur kurz schaute er hinein. Dann zuckte er zurück und blieb an der Wand stehen. »Mein Gott, das ist ja schlimm.«

Ich zuckte die Achseln. »Wollen Sie noch mal schauen?«

»Auf keinen Fall. Das tue ich mir nicht mehr an. Das ist einfach grauenhaft.«

»John, ich denke, es geht los.«

Suko hatte die Zeit über den Werwolf im Auge behalten. Er hatte auch mit ruhiger Stimme gesprochen. Einen wie ihn konnte man nicht so leicht aus der Fassung bringen. Außerdem war der Anblick einer Verwandlung nichts Neues für ihn.

Ich schaute wieder durch die Luke.

Die Kreatur hatte sich jetzt auf die Pritsche gesetzt, die Beine noch immer gestreckt, den Kopf leicht gesenkt, so dass er auf seine Oberschenkel stierte. Die Schnauze bewegte sich. Er öffnete sie, er schloss sie. Er schüttelte den Kopf, warf sich plötzlich nach hinten, und dabei drang ein irrer Schrei aus seinem Mund. Er raste durch die Zelle, er erwischte auch unsere Ohren, und wir schüttelten uns.

Es war ein schrecklicher, ein mörderischer Ruf, der zudem davon zeugte, wie schlecht es ihm ging. Es kam über ihn mit der Gewalt eines Unwetters. Er war nicht mehr zu halten. Er schrie, er rollte sich von seinem primitiven Bett. Er fiel auf den Boden, blieb dort nicht liegen und schnellte hoch. Mit zwei Schritten hatte er die gegenüberliegende Wand erreicht, prallte dagegen, schlug mit den Krallen gegen den Verputz, brüllte weiter, ging zurück und begann sich selbst mit den Krallen zu schlagen.

Aber wir sahen auch, dass er sich veränderte. Es begann an seinem Kopf, der ebenfalls vom Fell bewachsen war. Dort dünnte es allmählich aus, und auch das Gesicht veränderte sich.

Es war vergleichbar mit dem Morphen auf einem

Computerbildschirm. Nur geschah dies hier langsamer. Hier wurde auch keine fiktive Person verändert, sondern eine echte.

Das Mittelding zwischen Mensch und Werwolf warf sich wieder auf den Boden. Der harte Aufprall tat ihm nichts. Er rollte sich mehrmals um die eigene Achse, während aus dem offenen Mund zitternde Schreie drangen.

Er wollte die Verwandlung nicht. Er kämpfte dagegen an. Er wollte nicht unter diesen Schmerzen leiden, und doch hatte er keine Chance, die Verwandlung zu stoppen.

Es war eben Vollmondzeit, und das war auch zugleich seine Zeit. Er kroch über den Boden. Er suchte ein Ziel. Er robbte auf die Tür zu. Dabei hatte er seinen Kopf angehoben, damit er mit dem Gesicht nicht über den Zellenboden schleifte. Noch immer leuchtete das andere Licht in seinen Augen. Nur hatte es sich wesentlich abgeschwächt. So erhielt der Blick ein immer mehr menschlicheres Aussehen. Auf dem Kopf verschwand das Fell, dafür traten die ersten Haare hervor, die nicht sehr lang waren, sondern recht kurz und dunkel.

Er richtete sich auf. Er blieb stehen.

Das Gesicht glich dem eines Menschen. Der Mann besaß dunkle Augenbrauen, eine kleine Nase, breite Lippen und ein vorspringendes Kinn. Seine Ohren, die sich ebenfalls zurückgebildet hatten, lagen dicht an. Um seinen Körper hing die Kleidung ziemlich weit. Sie war an einigen Stellen auch eingerissen. Das Hemd besaß keine Knöpfe mehr, sodass wir die Brust sehen konnten. Auf ihr wuchs noch das Fell, aber es löste sich immer mehr auf. Es fiel nicht zu Boden, es verschwand einfach. Und ebenso verschwand die Bestie.

Vor uns stand ein wildfremder Mensch, der auch nicht mehr schrie, sondern gegen das Fenster in der Tür schaute, uns bestimmt auch sah, aber nichts tat.

Er war in Schweiß gebadet. Das Zeug lag wie eine dicke Ölschicht auf seinem Gesicht. Er konnte nicht sprechen, aber er war auch nicht ruhig. Heftige Atemstöße rasten aus dem jetzt menschlichen Mund. Der Mann ging zurück. Er sah, dass er beobachtet wurde, und auf seinem Gesicht malte sich Angst ab.

Sie blieb auch bestehen, als er sich rückwärts wieder seiner Pritsche näherte. Zuerst stieß er mit den Waden dagegen, dann fiel er nach hinten.

Auf dem Rücken blieb er liegen und tat nichts mehr, als sich in seine Rolle einzufinden. Er hatte noch genug mit den Nachfolgen der Verwandlung zu kämpfen, sodass er auf andere Dinge nicht mehr achtete.

Ich trat einen Schritt von der Tür zurück. Mein Blick fiel auf Wilson, der kein Wort hervorbrachte. Er hatte ihn gehört, und das reichte ihm aus.

»Ich denke, dass wir ihn jetzt besuchen können«, sagte Suko.

»Sie wollen rein?«, kiekste Wilson. »Das ... das ... können Sie verantworten?«

»Ja, warum nicht?«

»Aber er ist doch ... er ist ...«

»Wieder zu einem normalen Menschen geworden, Mr. Wilson.«

Der Kollege schaute uns ungläubig an. Wir mussten ihn schon drängen, einen Blick in die Zelle zu werfen, und dann sah er, was wirklich geschehen war.

Er konnte es trotzdem nicht begreifen. Ungläubig gab er seinen Kommentar ab. »Ein Mensch, das ist wirklich ein Mensch geworden. Keine Bestie mehr.«

»So ist der Lauf der Dinge«, sagte Suko.

Wilson rieb seine schweißigen Hände an der Uniform ab. »Und Sie wollen wirklich zu ihm?«

»Deshalb sind wir hier.«

Er wusste, dass es keinen Sinn hatte, uns vom Gegenteil überzeugen zu wollen. Deshalb nickte er, holte schnaufend Luft und flüsterte: »Dann ... dann schließe ich mal auf.«

»Ja, tun Sie das.«

Wir ließen Wilson in Ruhe. Er stand wirklich noch unter Stress, denn seine Hände zitterten. Aber er öffnete uns die Tür und machte uns Platz, indem er zur Seite trat.

So konnten wir endlich in die Zelle hineingehen...

Es gab keine Veränderung. Ob der Mann uns gesehen hatte, war fraglich. Er war noch immer mit sich selbst beschäftigt. Zwar lag er auf dem Rücken, doch er fand keine Ruhe und bewegte sich. Die Hände glitten an seinem Körper auf und ab, und immer wieder betasteten sie das Gesicht, als wollte er herausfinden, ob das Fell auch tatsächlich verschwunden war.

Das war der Fall. Es war zu einem normalen Menschen geworden, auch wenn dieser unter starkem Stress stand.

Suko hatte die Tür sicherheitshalber hinter uns wieder geschlossen. Er trat an mich heran und blieb ebenso wie ich neben dem Bett stehen. Es war nicht festzustellen, ob der Mann uns bereits bemerkt hatte. An seiner Reaktion wies noch nichts darauf hin, bis er sich plötzlich aufrichtete und in dieser Haltung sitzen blieb.

Er sah uns.

Wir sahen ihn, und es kam uns vor, als hielte die Umgebung – uns eingeschlossen – den Atem an.

Wir beobachteten den Mann, dessen Namen wir bisher noch nicht kannten. Er bewegte sich unruhig. Er wäre am liebsten in die Wand hinter sich gekrochen, und um seine Mundwinkel herum zuckte es immer wieder.

»Guten Morgen«, sagte ich.

Den Gruß verstand er, doch er wusste nichts damit anzufangen. Er blickte sich jetzt um und stellte fest, dass er sich in einer wenig komfortablen Umgebung befand, die ihm unbekannt war. Seine erste Frage lautete deshalb: »Wo bin ich?«

»In einer Zelle bei Scotland Yard.«

»Wie? Wie das...?«

»Wir haben Sie dort eingeliefert, Mister...«

Plötzlich schien er sich zu erinnern, aber es war eine Täuschung. Er erinnerte sich nicht, denn er sprach uns auf seine andere Existenz nicht an. Dafür senkte er den Blick und schaute auf die Wunde an seinem linken Bein.

Sie war nicht mit verschwunden. Als breite Narbe zeichnete sie sich dort ab. Das Blut hatte sogar eine Kruste hinterlassen, und der Mann spürte zum ersten Mal die Schmerzen. Er tastete die Umgebung der Wunde ab – und zuckte leicht zusammen, als er die Kruste berührte.

»Ich bin verletzt!«, stellte er fest.

»Erinnern Sie sich nicht daran?«, fragte Suko.

»Nein, ich glaube nicht.« Er sah meinen Freund an. Seine Augen waren nicht mehr hell, sondern mit einem leichten Braunschimmer versehen. Dann wechselte er das Thema. »Wer sind Sie eigentlich? Haben Sie mich in die Zelle gebracht?«

»Indirekt schon.«

»Und warum?«

»Wie heißen Sie?«, fragte Suko.

»Cedric Morton. Und Sie beide sind Polizisten, nehme ich an.«

»Ja, Scotland Yard.« Suko stellte mich und sich vor, was bei Cedric Morton zu einem nachdenklichen Gesichtsausdruck führte. Wir ließen ihn in Ruhe nachdenken, bis er den Kopf leicht schüttelte und dann mit leiser Stimme sagte: »Es muss einen Grund gegeben haben, das ich hier sitze.«

»Da haben Sie Recht«, erklärte mein Partner.

»Welchen denn?«

»Sie waren kein Mensch mehr.«

»Ach ...«

»Sie sind zu einem Werwolf mutiert.« Suko konfrontierte ihn direkt mit der schon grausigen Wahrheit, und das war sicherlich auch gut für den Mann, so konnte er über die Worte in einer gewissen Ruhe nachdenken. Wir beobachteten ihn scharf, denn wir waren auf seine Reaktion sehr gespannt. Erschreckt oder wissend kam uns der Mann überhaupt nicht vor. Er war eher nachdenklich geworden, und sein Blick verlor sich in der Leere. Schließlich hatte er es geschafft, sich eine Antwort zurechtzulegen. Wir hörten ihn flüstern, und zugleich nickte er auch.

»Ja, da war etwas.« Er schluckte. »Da ist wirklich etwas gewesen, das weiß ich. Aber ich kann mich nicht daran erinnern. Es kam mir wie ein böser Traum vor. Er saß so tief in mir. Ich habe ihn verdammt genau gespürt. Ich hatte da ein Erleben, das weiß ich auch, aber es verläuft alles in einem Schatten.«

»Sie waren der Wolf!«, stellte ich fest.

»Ja, verdammt«, keuchte er, »das weiß ich inzwischen. Bitte, Sie brauchen das nicht immer zu wiederholen. Ich kenne diese Nächte der Leere und des gleichzeitigen Erfülltsein. Ich bin in den Vollmondnächten gewandert. Ich musste einfach raus. Es trieb mich weg, und das ist furchtbar gewesen. Aber ich kann Ihnen nicht sagen, wohin ich gelaufen bin, tut mir Leid.«

»Erinnern Sie sich trotzdem an gewisse Vorgänge?«, erkundigte ich mich.

»Nein.

»Tatsächlich nicht?«

»Das ist wie in einem Nebel verschwunden. Ich weiß nur, dass ich Angst vor den Nächten hatte. Ich wusste, dass etwas mit mir nicht stimmt. Ich bin plötzlich zu einer anderen Person geworden, aber ich kann mich nicht erinnern, wie das geschehen ist. Keine Einzelheiten. Es kam einfach über mich. Das war wie ein plötzlicher Schlag, der mich erwischte...« Er hörte auf zu sprechen und richtete den Blick auf uns. »Bitte, Sie müssen mir helfen. Tun Sie mir einen Gefallen und helfen Sie mir. Es ist so verdammt wichtig.«

»Sie waren ein Werwolf!«

Er schwieg.

»Wir haben Sie in einer Tunnelröhre gefunden, als sie in ein Fangeisen geraten waren. Wir konnten Sie befreien und hierher in die Untersuchungshaft bringen.«

Er musste die Worte zunächst verdauen. Dann sagte er mit leiser Stimme: »Können Sie Einzelheiten berichten? Bitte, ich möchte wirklich hören, was mir widerfahren ist. Ich bin auch bereit, alles auf mich zu nehmen. Sollte ich jemand Unrecht getan haben, sage ich Ihnen schon jetzt, dass ich es nicht bewusst getan habe.«

»Das wissen wir, Mr. Morton.« Ich räusperte mich. »Es ist auch nicht leicht, der Wahrheit ins Auge zu blicken, aber es gibt keine andere Möglichkeit.« Ich berichtete ihm, was Suko und ich in der vergangenen

Nacht erlebt hatten, und der Mann schaute uns an, als würden wir ihm ein Märchen erzählen. Seine Augen befanden sich in ständiger Bewegung. Er war sehr blass geworden, und auf seinem Gesicht erschien ein neuer Schweißfilm.

Er flüsterte vor sich hin, wobei wir nicht verstehen konnten, was er sagte, aber seine Worte schienen ehrlich gemeint zu sein. Es war auch deutlich zu sehen, wie er zitterte und dann die Hände gegen das Gesicht schlug.

Ich hielt mich mit weiteren Erzählungen zurück und sah nur, wie er sich nach vorn beugte und dann zu schluchzen begann.

Wir gaben ihm die Chance, bis er sich wieder erholt hatte. Scharf saugte er die Luft ein. Sein Blick glitt in die Runde, als suchte er nach einem Ausweg. Die Lippen zitterten. Die dünne Haut am Hals bewegte sich zuckend, und er fuhr mit den Händen durch die Luft, als könnte er irgendwo Halt finden.

Schließlich war er so weit, dass er reden konnte. Er fing mit einem Nicken an. Dann hörten wir seine leise Stimme. »Ich habe es befürchtet, verdammt noch mal. Ich habe es wirklich befürchtet. Es ist so grausam, aber es ist auch unabänderlich. Ich habe etwas Schreckliches getan, und ich habe es auch geahnt.«

»Was genau?«

»Dass mit mir etwas nicht stimmt.«

»Gut«, fuhr ich fort. »Für jede Veränderung muss es auch einen Grund geben. Kein Mensch verwandelt sich ohne weiteres in einen Werwolf. Das sollte Ihnen schon klar sein.«

»Ist es auch«, gab er zu.

»Und trotzdem hat es Sie erwischt.«

»Genau«, flüsterte er.

»Wo denn?«

Cedric Morton richtete seinen Blick gegen die Decke, als wäre dort die Antwort zu lesen. »Ich habe es geahnt, als ich ihm begegnete. Ich wusste, dass er gefährlich und unheimlich war. Ich habe es gespürt. Diesen Instinkt besitze ich.«

»Was spürten Sie?«

»Dass er anders war.«

»Von wem reden Sie?«, fragte Suko.

Cedric Morton senkte den Kopf. »Ich spreche einzig und allein von dem Mann im Wald, dem ich begegnet bin. Ich wollte nicht bei ihm bleiben, aber er lud mich ein. Er war wirklich faszinierend. Ich konnte mich seinem Einfluss nicht entziehen, und nachdem er mich eingeladen hatte, war ich nicht mehr der Gleiche. Wir tranken zusammen. Ich sah die Welt mit anderen Augen, und plötzlich hatte ich das Gefühl, von der Bühne zu treten. Ich war immer jemand, der selbst neben sich herging. Das können Sie beide möglicherweise nicht begreifen, aber ich habe es verdammt deutlich zu spüren bekommen. Ich fühlte mich in den letzten Tagen sauschlecht, und wenn die Dunkelheit hereinbrach, dann erreichte mich die Angst. Sie war wie ein Schock. Ich wusste genau, dass in der Nacht etwas passieren würde, aber ich konnte nie sagen, was nun geschehen würde.« Er ballte in ohnmächtiger Wut die Hände zu Fäusten und schaute uns verzweifelt an, um nach Hilfe zu flehen.

Der Mann tat mir als Mensch Leid, nicht als Kreatur. Ich fragte: »Was machen Sie beruflich, Mr. Morton?«

»Ich bin selbstständig. Ich arbeite als Umwelt-Ingenieur. Ich werde von der Behörde engagiert, um Umweltschäden festzustellen. Deshalb befindet sich mein Arbeitsplatz auch sehr oft in der freien Natur. Das ist nun mal so.«

»Und dort haben Sie dann die Begegnung mit der Bestie erlebt – oder irre ich mich?«

»Nein, das ist keine Bestie gewesen. Es war ein Mann. Im Wilden Westen hätte ich ihn einen Waldläufer genannt. Er lud mich ein, und dabei ist es passiert.«

»Wo war das?«

Auf diese Antwort waren wir gespannt, aber Cedric Morton runzelte zunächst nur die Stirn. Er musste sehr stark grübeln, sprach flüsternd mit sich selbst und ihm fiel der Name Dorking ein.

»Das ist eine Stadt südlich von London«, sagte ich.

»Ja, das stimmt. Nur meine ich sie nicht. Es war in der Nähe, auch südlich von Dorking. Ein recht einsames Gebiet. Es gibt dort nur wenige Dörfer. Eines davon heißt Common.«

Das war uns unbekannt. Suko sagte: »Aber wir haben Sie hier in London aufgegriffen.«

»Ja«, bestätigte Morton leise. »Wenn Sie mich jetzt fragen, wie ich hierher gekommen bin, muss ich leider passen. Ich weiß es beim besten Willen nicht.«

Das glaubten wir ihm sogar. Menschen in seiner Lage logen nicht. Trotzdem blieb es für uns ein Rätsel, dessen Auflösung für uns allerdings nicht mehr wichtig war, denn wir mussten einen anderen Weg gehen und die Quelle erreichen.

»Was fällt Ihnen denn noch alles dazu ein?«, wollte ich wissen.

Wieder traf mich der verzweifelte Blick. »Bitte, Mr. Sinclair, ich weiß es doch nicht. Ich kann mich an nichts erinnern. Ich weiß nicht, was ich in meiner zweiten Gestalt alles getan habe. Wenn es Verbrechen waren, dann ... dann ...« ihm versagte die Stimme. Er senkte den Kopf und begann zu weinen.

Wir konnten ihm beim besten Willen keinen Vorwurf machen. Als Mensch reagiert man anders als ein Werwolf. Die Bestie konnte nicht nachdenken und überlegen. Sie ging einzig und allein ihrem verdammten Trieb nach, und das war schlimm. Wenn die Rückverwandlung erfolgt war, dann war die Erinnerung schon sehr schwach. Das hatten wir nicht nur bei Morton erlebt, sondern auch in anderen Fällen.

Wir warteten, bis er sich beruhigt hatte, und ich kam wieder auf den geheimnisvollen Mann im Wald zu sprechen. »Können Sie mehr über diese Person sagen?«, fragte ich ihn.

»Nein. Ich erinnere mich nur schwach. Sie war sehr düster, aber sie hatte so grausame und kalte Augen. Ich habe in meinem gesamten Leben noch nie derartige Augen gesehen. Ich fürchtete mich davor, aber sie faszinierten mich auch.«

»Der Mann lebte im Wald«, sagte Suko.

»Jedenfalls hat er das behauptet.«

»Sie waren auch in seinem Haus oder in seiner Hütte?«

Cedric Morton nickte. »Das bin ich gewesen. Er hat mich irgendwo hineingeführt.«

Ich stieß die Luft aus, bevor ich fragte: »Haben Sie irgendetwas behalten, was uns weiterbringen könnte? Details, die wichtig für die Aufklärung sind?«

»Nein, das habe ich nicht.«

»Auch nicht, wenn Sie nachdenken?«

»Sorry, auch dann nicht.«

»Sie hatten aber dort beruflich zu tun?«

Er nickte.

»Was?«

»Ich wollte Bodenproben nehmen, Mr. Sinclair. Das Umweltministerium ist seit den letzten Seuchen aufgeschreckt worden. Jetzt wollen sie dort alles hundertprozentig machen. Nichts soll die Umwelt mehr stören, besonders keine Säure. Nun, dann hat man mich geschickt, um eben die Proben zu nehmen. Aber die sind nie beim Ministerium gelandet. In den letzten Tagen wurde alles anders.«

Das konnte ich mir denken, denn seit drei Tagen hatten wir Vollmond.

»Wichtig wäre es trotzdem für uns, eine Wegbeschreibung von Ihnen zu bekommen.«

»Das ist nicht schwer. Sie müssen nach Common fahren.«

»Das ist doch nicht das Ziel«, sagte ich lächelnd.

»Nein, das nicht. Doch der Wald, dessen Boden ich untersucht habe, liegt ganz in der Nähe des Ortes. Das wird Ihnen jeder Bewohner da sagen können. Mir haben sie auch geholfen.«

»Und niemand hat Sie vor dem geheimnisvollen Mann im Wald gewarnt?«, erkundigte sich Suko.

»Nein, keiner.« Er schaute meinen Freund offen und ehrlich an. »Das schwöre ich.«

Suko nickte. »Gut, dann werden wir uns um die Dinge kümmern. Danke für Ihre Hilfe, Mr. Morton.«

Er begriff, das sich unser Gespräch dem Ende zuneigte und schüttelte verwundert den Kopf. »Das war alles? Wirklich alles ...?«

»Vorläufig ja.«

»Aber ich bin auch noch da. Was geschieht denn mit mir? Ich will die Verwandlung nicht mehr erleben. Bitte, tun Sie was dagegen.«

Er streckte uns hilfesuchend seine Hände entgegen, aber wir konnten nur die Köpfe schütteln.

»Nichts?«, hauchte er. »Wirklich nichts?«

»Wir müssen abwarten«, sagte Suko.

»Aber ich will diesen Horror nicht mehr durchmachen!«

Das konnten wir verstehen, nur gab es im Moment keine andere Möglichkeit. Es stand auch nicht fest, ob er je wieder in sein normales Leben zurückfand. Er würde den Horror erneut durchmachen, wenn die Nacht anbrach. Davon konnten wir ihn nicht befreien. Es sei denn, wir blieben bei ihm und setzten dann unsere Waffen gegen ihn ein. Das wollten wir ihm auch nicht zumuten. Zumindest jetzt nicht. Wir sprachen mit Morton auch nicht darüber.

»Hier sind Sie in Sicherheit«, sagte Suko. »Denn hier können Sie keinen Schaden anrichten, so schlimm es sich für Sie auch anhören mag. Aber es ist besser so.«

Cedric Morton sah aus, als wollte er noch eine Antwort geben. Es fiel ihm nichts mehr ein. Deshalb drehte er den Kopf zur Seite und starrte die Wand in seiner Nähe an.

Um den Fall aufzuklären, war er nicht mehr wichtig für uns. Wir mussten London verlassen und an anderer Stelle recherchieren.

Suko versuchte, den Mann zu beruhigen. Er sprach davon, dass für ihn gesorgt würde. Wir würden die Kollegen einweihen, aber Cedric Morton nahm es nicht zur Kenntnis.

Allerdings sagte er etwas, was den Nagel auf den Kopf traf. »Ich bin verflucht, ich bin ein Verfluchter geworden...«

Wir konnten nicht mal widersprechen...

Es hatte sich wohl herumgesprochen, dass wir einen Großteil der Nacht im Yard verbracht haben, denn als wir das normale Büro betraten, da schaute uns Glenda spöttisch lächelnd an. »Na, habt ihr kein Zuhause mehr?«

»So ähnlich«, sagte ich und hielt beide Sandwich-Pakete hoch. »Dazu brauchen wir jetzt einen Kaffee.«

»Und ich nehme Tee, liebe Glenda«, sagte Suko.

»Ist beides schon so gut wie fertig. Manchmal denke auch ich mit.«

»Du bist super.«

Glenda räusperte sich, ansonsten enthielt sie sich eines Kommentars.

Während Suko in unserem Büro verschwand und von dort aus mit Shao telefonierte, wollte Glenda wissen, was denn eigentlich genau losgewesen war.

Ich setzte mich auf ihre Schreibtischkante und gab ihr einen knappen Bericht. Sie staunte dabei immer stärker und meinte schließlich: »Dann haben wir einen Werwolf im Haus?«

»Es sieht so aus.«

»Und du kannst nichts für ihn tun?«

»Soll ich ihn erschießen?«

»Nein«, sagte sie leise, »das habe ich nicht gemeint. Es muss für ihn nur schrecklich sein.«

»Davon kannst du ausgehen, aber es lässt sich leider nicht ändern.« Ich hob die Schultern. »Ob er noch zu retten ist, wird sich später herausstellen.«

»Es ist ihm zu wünschen.« Sie nahm hinter ihrem Schreibtisch Platz und zupfte an den Ärmeln der hellen Bluse. »Ist denn die Zelle dort unten auch für einen Werwolf ausbruchsicher?«

»Davon kannst du ausgehen.« Ich schenkte mir Kaffee ein und nahm die Tasse ebenso wie das mit Truthahnfleisch belegte Sandwich mit in das gemeinsame Büro. Suko hatte sein Telefongespräch beendet und aß bereits.

»Schmeckt sogar gut«, kommentierte er.

»Das ist immer so, wenn es frisch ist.«

»Und jetzt nehmen wir uns den Werwolf vor.«

»Keine Hektik, John. Iss erst mal.«

Das tat ich auch und trank Glendas Kaffee dazu. Er war wie immer eine Wohltat. Während ich frühstückte, drehten sich meine Gedanken um Cedric Morton. Es war uns gelungen, einen Werwolf zu fangen. Ihn aus dem Verkehr zu ziehen, konnten wir uns als einen Erfolg anrechnen. Wir hatten auch dafür gesorgt, dass er von einem Arzt untersucht wurde, und auf Wilson als Wächter konnten wir uns ebenfalls hundertprozentig verlassen. So würde es hier zum Glück keine Probleme geben. Die allerdings lagen vor uns, denn wir mussten diesen geheimnisvollen Waldmenschen finden, wobei längst nicht feststand, ob wir es tatsächlich mit einem Menschen zu tun hatten. Ich tippte auf einen Werwolf. Was mir Probleme bereitete, war die Tatsache, wie Cedric Morton zu einer Bestie geworden war. Das widersprach allen Regeln. Er war nicht überfallen und gebissen worden, der andere hatte ihn in seine Hütte geschafft und dort mit ihm getrunken.

Getrunken!

Genau das war der Begriff, über den ich stolperte. Was hatten die beiden getrunken? Wenn ich darüber nachdachte, musste ich einfach zu dem Schluss gelangen, dass es ein besonderer Trank war, und ich blieb bei dem Begriff Wolfstrank hängen.

Als ich darüber nachdachte, hob ich zugleich den Kopf an und schaute in Sukos Gesicht, in dem die Lippen zu einem leichten Lächeln verzogen waren. Er hatte bereits gegessen und hielt nur noch seine Teetasse in der Hand.

»Du wirkst auf mich, als hättest du eine Idee gehabt, Alter«, sagte Suko.

»Kann durchaus sein.«

»Lass mal hören.«

Ich hatte kaum zwei Sätze gesagt, als mein Freund abwinkte. »Genau das ist unser Problem«, sagte er, »wie konnte Cedric Morton zu einem Werwolf werden?«

»Indem man ihm etwas zu trinken gab.«

»Und was?«

Ich zuckte die Achseln. »Es muss ein uns unbekannter Trank gewesen sein. Ein Wolfstrank, würde ich sagen.«

»Ja, das ist wohl richtig. Ich frage mich nur, aus welchen Zutaten man ihn braut. Eine weitere Frage stellt sich ebenfalls. Wer hat das Rezept erfunden? Und was muss in einen Trank hinein, um einen Menschen in einen Werwolf zu verwandeln?«

»Keine Ahnung. Ich weiß auch nicht, woher das Rezept stammt.«

»Denk mal an deine Freundin.«

»Du meinst Morgana Layton?« Ich winkte ab. »Nein, das glaube ich einfach nicht.«

»Hast du auch einen Grund?«

»Klar. Wenn mich nicht alles täuscht, ist sie in der Molmann'schen Vampirwelt gefangen. Ich glaube nicht, dass Dracula II sie so einfach laufen lässt. Er will keine Konkurrenz, also bleibt sie dort.«

»Na ja ...«

»Du glaubst mir nicht?«

»Nein, nicht wirklich. Es kann sich etwas verändert haben, von dem wir nichts mitbekommen haben.«

Ich sagte nichts mehr dazu, weil ich so weit nicht denken wollte. Nur keine neuen Probleme, wir mussten erst den anderen Fall lösen, und wir würden auch nicht mehr lange im Büro sitzen bleiben, sondern uns so rasch wie möglich auf den Weg machen.

Das Vorhaben wurde zunächst durch das Klingeln des Telefons vereitelt. Um diese frühe Stunde rief selten jemand an, da musste es schon brennen.

Genau mit diesem Gefühl hob ich ab und brauchte mich erst gar nicht zu melden, denn ich hörte die Stimme unseres Chefs. »Gut, dass Sie im Haus geblieben sind. Ich möchte Sie und Suko gern so schnell wie möglich sprechen.«

»Kein Problem, Sir, wir wären sowieso noch zu Ihnen gekommen.«

Suko, der über Lautsprecher mitgehört hatte, runzelte die Stirn. »Klang ziemlich neutral, unser großer Meister.«

»Oder nach Ärger.«

»Noch ein Fall?«

Ich war schon aufgestanden. »Möglich ist schließlich alles.«

Glenda war diesmal auch nicht informiert worden. »Das ist wohl Knall auf Fall gekommen«, meinte sie.

»Okay, dann sind wir mal weg...«

»Viel Spaß.«

Sir James war nicht allein. Ein etwa 30jähriger Mann mit einem jungenhaft wirkenden Gesicht hielt sich bei ihm auf. Er trug eine blaue Wildlederjacke und eine schwarze Hose mit scharfen Bügelfalten. Uns kam der Mann bekannt vor. Wir hatten ihn schon einige Male im Yard Building gesehen. Namentlich allerdings war er uns unbekannt, was sich änderte, als Sir James ihn vorstellte.

»Ich darf Sie mit Dennis Fenton bekannt machen. Mr. Fenton ist ein Kollege. Er arbeitet in der Abteilung Früherkennung von Verbrechen. Ich denke, dass er Ihnen etwas Interessantes zu berichten hat. Bitte, nehmen Sie doch Platz.«

Wir reichten uns die Hände. Der Kollege war uns sympathisch. Er hatte einen offenen Blick, und um die Augen herum gruppierten sich zahlreiche Lachfältchen.

Der Mann kam sofort zur Sache. Er erklärte uns, dass er heute am frühen Morgen einen Anruf aus seiner alten Heimat bekommen hatte, von einer Frau, die er aus seinen Kindertagen kannte.

»Wo finden wir denn Ihre Heimat?«, erkundigte sich Suko.

Fenton winkte ab. »Der Ortsname wird Ihnen nichts sagen. Er lautet Common und ...«

»Was sagten Sie?«, rief ich so laut, dass er sich fast erschreckte. »Sie meinen Common südlich von Dorking?«

»Ja, genau.« Er schüttelte den Kopf. »Dass Sie den Ort kennen, wundert mich.«

»Bitte, sprechen Sie weiter.«

Das tat er auch dann. So erfuhren wir, dass er einen Anruf von einer älteren Frau namens Marlene King bekommen hatte. Es war ein Hilferuf gewesen. Was die Frau gesehen und erlebt hatte, das alarmierte uns natürlich bis ins Mark. Ob das Schicksal oder der Zufall hier Regie geführt hatte, wir konnten es nicht mit Bestimmtheit sagen, aber Dennis Fenton war ziemlich überrascht, als er nach seinem Bericht erfuhr, dass wir an dem gleichen Fall arbeiteten.

Nur das Gesicht unseres Chefs gefiel uns nicht, denn

er war ahnungslos. »Ich habe bereits gehört, dass Sie einen Teil der Nacht hier im Yard verbracht haben, aber könnte ich jetzt den Grund erfahren?«

»Natürlich, Sir«, erwiderte ich. »Wir wären auch zu Ihnen gekommen, aber jetzt liegen die Dinge anders. Dieser Werwolf, der mit richtigem Namen Cedric Morton heißt, den hat das Schicksal in der Nähe von Common erwischt. Dort wurde er zu einem Werwolf. In einem Wald. Wie wir jetzt von Mr. Fenton hörten, hat auch Mrs. King von einem Wald gesprochen, in dem ihre Enkelin verschwunden ist.«

»Ja«, bestätigte der Kollege. »Und sie hat große Angst davor, dass der Kleinen Schlimmes passieren kann. So muss das leider gesehen werden.«

»Aber diese Lucy war keine Werwölfin?«, fragte Suko noch mal genauer nach.

»Nein.« Fenton wirkte recht bedrückt. Es war ihm anzusehen, wie nahe ihm das alles ging. »Ich begreife es auch nicht. Ich habe nur weitergegeben, was man mir gesagt hat. Wenn ich Marlene King nicht so gut kennen würde, dann hätte ich auch nichts unternommen. Aber ich weiß, dass sie keine Spinnerin ist und nicht irgendetwas einfach aus dem Nichts hervorholt. Da steckt schon etwas dahinter. Ihre Verzweiflung am Telefon klang echt.«

»Das glaube ich Ihnen gern«, sagte ich. »So schlimm es auch für Lucy sein mag, aber wir haben jetzt Tag. Da wird sie sich nicht weiter verwandeln.«

»Falls es nicht schon geschehen ist«, schränkte Suko ein.

»Mal den Teufel nicht an die Wand«, flüsterte ich und wandte mich wieder an den Kollegen. »Was hat Mrs. King Ihnen noch gesagt? Ist sie auf Einzelheiten eingegangen?«

»Nein, Mr. Sinclair, das ist sie leider nicht. Es gab keine Details. Abgesehen davon, dass ihre Enkelin wieder mitten in der Nacht verschwunden ist und sie auch bis zum frühen Morgen nicht zurückkehrte. Die Frau hat sich Vorwürfe gemacht, Lucy überhaupt allein wieder gehen zu lassen, aber man muss sie verstehen, denn sie stand ebenfalls noch unter Schock. Da reagieren Menschen eben anders.«

Da hatte er etwas Wahres gesagt. Suko nickte ihm zu. »Wir werden uns natürlich um die Sache kümmern. Jetzt erst recht. Und diese Marlene King wohnt in Common?«

»Nein, nicht direkt. Das Gebiet gehört noch zum Ort, aber es liegt etwas außerhalb.« Seine Stimme wurde leiser, als er sagte: »Nicht sehr weit von einem dichten Waldstück entfernt.«

»Das Sie natürlich auch kennen.«

»Klar, Suko.«

»Erzählen Sie etwas darüber.«

Dennis Fenton lachte leise. »Was soll ich Ihnen groß erzählen? Da gibt es nicht viel zu berichten. Für uns Kinder damals war der Wald so etwas wie ein Abenteuer-Spielplatz, der allerdings nur von dem Mutigsten betreten wurde. Es gab viele, die Angst davor hatten oder deren Eltern ihnen verboten hatten, in den Wald zu gehen. Dazu gehörte ich nicht.«

»Gut – ja«, sagte Suko. »können Sie sich daran erinnern, ob Ihnen schon damals etwas aufgefallen ist?«

»Was meinen Sie denn?«

»Eine Hütte oder ein Haus im Wald?«

»Nein, ganz und gar nicht. Das kann ich beschwören. Daran hätte ich mich erinnert.« Er schüttelte den Kopf. »Die Eindrücke aus der Kindheit erhalten sich am längsten. Ich denke nicht, das mir so etwas entfallen wäre.«

»War auch nur ein Versuch, denn Cedric Morton sprach von einer derartigen Hütte.«

»Die kann durchaus später errichtet worden sein.«

»Das denke ich auch.«

Der Kollege Fenton betonte noch einmal eindringlich, dass er die Großmutter der Verschwundenen nicht für eine Schwätzerin hielt, die sich wichtig machen wollte. »Sie ist eine Frau, die mit beiden Beinen im Leben steht. Und sie hat sich eine Aufgabe vorgenommen, indem sie ihre Enkelin so lange erzieht, bis der Job des Vaters die Eltern wieder in die Heimat treibt.«

»Haben Sie eine Telefonnummer?«, erkundigte ich mich.

Fenton lächelte knapp. »Die habe ich mir geben lassen. Ich hoffe nur, dass Mrs. Fenton sie in all der Aufregung auch behalten hat.« Er holte einen Notizblock hervor, auf dem er die Nummer notiert hatte. Er diktierte sie uns, und Suko schrieb mit.

»Dann sollten Sie es direkt probieren«, schlug Sir James vor und deutete auf das Telefon.

»Danke, Sir.«

Ich stand auf. Die Nummer war schnell eingetippt. Ich hoffte, dass Mrs. King abhob. Wichtig war auch, dass Dennis Fenton bei uns blieb. Er konnte sie beruhigen, wenn sie sich zu stark aufregte.

Leider hatte ich Pech. Zwar ging der Ruf durch, aber Mrs. King hob nicht ab. Ich gab es schließlich auf und schaute in drei Gesichter, die alles andere als fröhlich aussahen.

»Das verstehe ich nicht«, sagte Dennis Fenton leise.

»Was nicht?«

»Nun ja, ich hatte sie gebeten, zu Hause zu bleiben, bis ich mich wieder melde. Ich wollte sie mit einer Erfolgsmeldung verwöhnen, aber das ist jetzt vorbei. Sie scheint nicht im Haus zu sein, nehme ich als positiv an. Oder es ist ihr etwas passiert, was ich nicht hoffen will.«

»Nicht unbedingt am Tag«, sagte Suko, »das ist keine Zeit für Werwölfe.«

»Na, Sie haben Humor.«

Ich nickte Sir James zu. »Egal, was passiert ist, wir müssen so schnell wie möglich los. Wenn die nächste Nacht anbricht, möchte ich mir den Wald schon angesehen haben.«

»Aber zwei Minuten haben Sie noch Zeit.«

»Sicher.«

Sir James bedankte sich noch mal bei dem Kollegen Fenton, der dann entlassen war. Als er die Tür hinter sich geschlossen hatte, sahen wir den sehr ernsten Blick hinter den Gläsern der Brille unseres Chefs. »Einmal abgesehen davon, dass Sie beide einen Werwolf gefangen haben und er bei uns sicher aufgehoben ist, frage ich mich schon, welche Dimensionen der Fall noch annehmen wird.«

Sir James hatte in Rätseln gesprochen. »Können Sie uns das näher erläutern, Sir?«

»Ja. Es geht mir dabei um Lucy King. Kann man sagen, dass ein zwölfjähriges Mädchen noch ein Kind ist?«

Ich schüttelte den Kopf. »Nicht, wenn Sie es fragen, Sir. Das wird es ablehnen.«

»Aber im Prinzip schon.«

»So denken wir.«

»Und ich ebenfalls«, gab er mit leiser Stimme zu.

»Wenn ich mir vorstelle, dass sich ein Kind in den Klauen einer Bestie befindet und ebenfalls zu einem derartigen Wesen mutiert, dann werde ich mehr als unruhig. Sie müssen alles daransetzen, um diese Lucy King zu finden. Ebenso wie ihre Großmutter und den Werwolf. Mir kommt die Geschichte schon jetzt vor wie die Pervertierung des Märchens Rotkäppchen.«

»Der Gedanke liegt nahe«, sagte ich.

Unser Chef erhob sich. »Dann möchte ich, dass Sie den Fall so bald wie möglich klären. Auch wenn ich mich wiederhole, aber man kann es nicht oft genug sagen.«

»Versprochen«, sagte ich.

Suko nickte ihm zu, und wenig später, als wir auf dem Flur standen, legte sich ein Faltenmuster auf seine Stirn. »Das scheint dem Alten sehr nahe gegangen zu sein.«

»Stimmt.« Ich schüttelte mich. »Stell dir mal ein Kind als Werwolf vor.«

»Lieber nicht.«

Wir gingen noch kurz bei Glenda vorbei und informierten sie über unseren Einsatz. Auch sie sah nicht eben glücklich aus und versprach uns, beide Daumen zu drücken.

Die Zeit, nach Cedric Morton zu schauen, nahmen wir uns trotzdem. Der Kollege Wilson war mittlerweile von einem Mann der Tagschicht abgelöst worden. Er kannte nicht die gesamte Wahrheit und wunderte sich nur darüber, dass er jede halbe Stunde nach dem Gefangenen schauen sollte. »Dabei tut er nichts. Da gibt es andere.«

»Dürfen wir trotzdem nach ihm schauen?«, fragte Suko.

»Natürlich.«

Er hatte Recht. Cedric Morton tat wirklich keiner Fliege etwas zuleide. Er lag auf dem Bett und schlief. Sein Gesicht war sogar der Tür zugedreht. Wir konnten seine geschlossenen Augen und den halb geöffneten Mund sehen.

»Lassen Sie ihn schlafen«, sagte ich. »Wenn er seine Mahlzeiten bekommt, öffnen Sie nicht die Tür. Schieben Sie das Tablett durch die Luke in der Tür. Okay?«

»Ich habe verstanden, Sir.«

»Dann ist ja alles klar.«

Mit einem relativ beruhigten Gewissen setzten wir uns in den Rover und nahmen Kurs auf Common, wo es einen Wald gab, der von einer Bestie beherrscht wurde...

»Ich habe alles getan! Mehr konnte ich einfach nicht tun!«

Diese beiden Sätze hatte sich Marlene King immer wieder eingehämmert, um das schlechte Gewissen zu beruhigen, was sie allerdings nicht geschafft hatte.

Es quälte sie weiter. Vorwürfe, die in ihrem Kopf sich anhörten wie höllische Geiferstimmen und immer wieder auf sie einschlugen. Sie fühlte sich schuldig. Sie konnte noch immer nicht fassen, dass ihr Lucy entglitten war, und auch die Hoffnung blieb ziemlich schwach, obwohl sie mit Dennis Fenton telefoniert hatte.

Er war so gewesen wie immer. Überhaupt nicht ärgerlich, trotz der frühen Morgenstunde. Und er hatte eines nicht getan, was sie ihm besonders hoch anrechnete. Er hatte sie nicht ausgelacht, sondern sehr ernst genommen, und er hatte ihr letztendlich auch versprochen, sich um die Dinge zu kümmern.

»Bitte, Mrs. King, bleiben Sie im Haus. Sie können nicht weg. Man braucht eine Anlaufstelle.«

Rational sah Marlene das ein. Vom Gefühl her allerdings nicht. Das stand im krassen Gegensatz dazu. Sie wollte nicht im Haus bleiben. Sie konnte es einfach nicht. Das Warten zwischen den eigenen vier Wänden würde sie verrückt machen. Hinzu kam das Wissen, dass ihre Enkelin verschwunden war. Irgendwo in diesem dichten Wald untergetaucht, der seit Jahren bereits vielen Menschen nicht geheuer war.

Darum hatte sich Marlene King nie gekümmert. Ihr war es egal. Außerdem lebte sie in Waldnähe, und da konnte man ihr so leicht nichts. Sie war zudem oft genug im Wald spazieren gegangen und hatte dessen wunderbare Luft genossen. Für sie war es der Duft überhaupt gewesen. Sie liebte ihn. Sie genoss seine Würze, sie hatte nie an Gefahren gedacht und hatte sich bei allen Besuchen auch niemals unwohl gefühlt. Im Herbst hatte sie die Pilze gesammelt. Da war sie oft ganz allein im Wald gewesen, und es war nie etwas passiert.

Ab heute hatte der Wald für sie seine Unschuld verloren. Jetzt diente er nur als Deckung und Schutz für etwas unheimliches Böses, das sie sich nicht erklären konnte, obwohl sie es mit eigenen Augen gesehen hatte.

Ein Wolf!

Kein normaler Wolf.

Auch kein Wolf aus dem Märchen, denn ihn gab es wirklich. Wenn sie an ihn dachte, schauderte sie zusammen. Besonders deshalb, weil ihr die Augen nicht aus dem Sinn wollten. Derartige Augen hatte sie bei einem Tier noch nie zuvor gesehen. Sie schienen mit dem kalten Licht der Hölle gefüllt zu sein, falls es dort so etwas gab und nicht nur das alles zerstörende Feuer.

Marlene ärgerte sich darüber, dass sie schon wieder in Vergleichen dachte. Das Nachdenken brachte ihr nicht viel, sie musste das Handeln selbst in die Hände nehmen.

Dennis Fenton wusste Bescheid. Nur konnte er auch nicht hexen. Es würde seine Zeit dauern, bis er etwas in Bewegung gesetzt hatte, und in dieser Spanne wollte sie nicht untätig im Haus sitzen bleiben, obwohl Dennis sie darum gebeten hatte.

Sie entschied sich dagegen. Untätigkeit war schlimm. Sie würde an ihrer Seele kratzen und die Vorwürfe noch verstärken. Deshalb entschloss sich Marlene King, das Haus zu verlassen und in den Wald zu gehen, um ihre Enkelin zu suchen.

Sie fragte sich erst gar nicht danach, ob sie möglicherweise Angst verspürte. Das würde wahrscheinlich der Fall sein. Wäre es um sie gegangen, hätte sie auch anders reagiert. Aber hier ging es einzig und allein um ihre Enkelin, die sie vom Babyalter an hatte aufwachsen sehen. Lucy war ihr so vertraut wie das eigene Kind. Die Großmutter konnte ihre Enkelin einfach nicht im Stich lassen.

Gegen die Kopfschmerzen hatte sie zwei Tabletten geschluckt. Zwar waren sie noch nicht ganz verschwunden, aber sie hielten sich in Grenzen, und Marlene würde sie ertragen können.

Es war nicht besonders warm. Für Mai eigentlich zu kalt. Aber es regnete nicht, und das sah sie nach all den letzten Schlechtwettertagen als einen Vorteil an.

Sie hatte zwei Rühreier gegessen, jedoch die Hälfte davon stehen lassen. Sie räumte die Pfanne auch nicht in die Spüle und ließ alles so stehen und liegen.

Nur die trittsicheren und festen Schuhe streifte sie über, denn im Wald gab es keine normalen Wege oder nur wenige, aber die würde sie kaum gehen. Zuletzt holte sie noch den leichten Mantel von der Garderobe, zog ihn an und fühlte sich gerüstet. Eine Waffe gab es nicht im Haus, dafür nahm sie eine Stableuchte mit. Im Wald waren auch tagsüber zu viele Ecken zu dunkel.

So gerüstet verließ sie das Haus durch den Hintereingang und bewegte sich quer durch den Garten. Sie hatte das Ende des Grundstücks noch nicht erreicht, als sie das dünne Bimmeln des Telefons innerhalb des Hauses hörte. Es war noch ein altes Gerät, das schrillte und die Frau zum Stehenbleiben zwang.

Zurücklaufen und abheben oder das Klingeln ignorieren?

Marlene King steckte in einer Zwickmühle. Dennis Fenton hatte ihr geraten, im Haus zu bleiben, um ihr per Telefon Bescheid zu geben, ob er etwas erreicht hatte. Vielleicht aber hatte er sie auch nur dazu zwingen wollen, sich nach seinen Vorstellungen zu verhalten. Dagegen war Marlene. So einfach ließ sie sich nichts vorschreiben. Erst recht nicht in ihrer Situation. Sie hatte einfach das Gefühl, dass sie von ihrer Enkelin gebraucht wurde.

Genau aus diesem Grund ging sie nicht mehr zurück ins Haus. Sie ließ den Apparat klingeln und ging weiter, auch wenn sie ein schlechtes Gewissen hatte.

Das endete am Gartenzaun, der ihr Grundstück an der Rückseite umgab. Er war nichts anderes als ein grünes Drahtgeflecht und kaum zu sehen. An verschiedenen Stellen war er auch herunter getreten worden, und diesen Weg nahm Marlene ebenfalls.

Der Wald war näher gerückt. Er hatte immer zu ihr und ihrem Leben gehört. Zum ersten Mal allerdings kam er ihr bedrohlich vor, obwohl er noch nicht so dicht war wie im Hochsommer.

Im Mai hatten die Bäume bereits ihr dichtes Blattwerk bekommen. Wenn sie den Wald betreten hatte, würde sie durch eine Schattenwelt gehen.

Der Ort Common lag weit hinter ihr. Wenn sie sich drehte, sah Marlene die Umrisse der Häuser. Zwischen ihnen befanden sich immer wieder größere Lücken, denn von einer dichten Besiedlung konnte nicht gesprochen werden.

Sie und ihr Mann hatten das kleine Haus damals bewusst außerhalb gebaut. Sie waren zwar keine Einsiedler, aber sie wollten auch nicht unbedingt gestört werden, und ein Kontakt mit der Dorfgemeinschaft stand sowieso nicht auf ihrem Programm. Zumindest kein zu intensiver. Außerdem hatten sie damit gerechnet, dass sich der kleine Ort im Laufe der Zeit noch ausdehnen würde, was nicht geschehen war. Fremde, die irgendwelche Wochenendhäuser errichteten, hatten Common noch nicht entdeckt, und so war das Dorf wenig gewachsen.

Beim letzten Blick zurück war Marlene schon erschauert. Es war ihr beinahe wie ein Abschied vorgekommen und sie musste sogar einige Male schlucken.

Nein, sich nur nicht beirren lassen. Das durchziehen, was sie sich vorgenommen hatte. Durch einen tiefen Atemzug versuchte sie, sich von diesen weniger guten Gefühlen zu befreien, und gab sich dann den inneren Ruck, der nötig war.

Sie ging weiter. Es gab hier keinen offiziellen Weg. Die Strecke zwischen dem Ende des Grundstücks und dem Waldrand bezeichnete sie als Niemandsland.

Marlene King kam sich vor wie ein kleines Mädchen,

das über eine mit Blumen bewachsene Wiese wanderte, denn um sie herum blühten die weißen Kränze der Gänseblumen. Sie wetteiferten mit dem satten Gelb von Löwenzahn, der sich bald in die von Kindern so beliebten Pusteblumen verwandeln würde.

Aber das schöne Bild fand ein Ende am Waldrand. Dort war es dunkel. Da ging das Grün beinahe schon in ein dunkles Grau über. Unterholz bildete die erste Grenze. Dahinter wuchsen Laub- und Nadelbäume wie unterschiedliche hohe Türme in die Höhe.

Marlene dachte darüber nach, wann sie den Wald zum letzten Mal betreten hatte. Sie kam zu keinem Resultat. Es war einfach zu lange schon her. In den letzten beiden Jahren wohl nicht. Deshalb kamen ihr die Bäume und das Strauchwerk noch höher vor. Hier war alles sehr stark gewachsen.

Ihre forschen Schritte hatten sich verlangsamt, als sie in die Nähe des Waldrands geriet. Sie blieb für eine Weile stehen. Dabei achtete sie auf sich und die Umgebung.

Ihr Herz klopfte schneller. Klar, auch sie konnte die Aufregung nicht unterdrücken. Auch dachte sie an ihre Enkelin. Dieser Wald mit seiner Dunkelheit hatte das Kind regelrecht verschluckt. Wenn sie daran dachte, dass sich dort ein gefährlicher Wolf aufhielt, wurde es ihr unheimlich. Sie beleckte ihre trockenen Lippen und dachte wieder an das Märchen Rotkäppchen. Da hatte das Kind überlebt. Die Großmutter war von der Bestie umgebracht worden.

Hier war sie die Großmutter, aber sie wollte auf keinen Fall sterben.

Hart musste sie schlucken. Der Gedanke, im Wald ihr Leben auszuhauchen, ließ sie wieder an ihrem Plan zweifeln. Dann dachte sie an Lucy und daran, was ihr das Kind bedeutete. Eigentlich alles. Es war der Sonnenschein in ihrem Leben. Sie fühlte sich für Lucy verantwortlich, so lange die Eltern im Ausland lebten, und genau dieser Verantwortung wollte sie auch nachkommen.

Also kein Zurück!

Nach vorn denken, nach vorn gehen. Als sie noch einmal tief Luft holte, saugte sie bereits den würzigkühlen Duft ein, den der Waldrand abstrahlte.

Dann ging sie.

Sie trat in das Unterholz hinein und ließ sich auch von den hohen Zweigen des Buschwerks nicht irritieren. Mit beiden Händen räumte sie die Hindernisse zur Seite.

Sie war erst ein paar Schritte in den Wald hineingegangen und kam sich schon vor wie in einer anderen Welt. Hier hatte sich alles verändert. Um sie herum breitete sich der würzige Geruch aus. Es roch wirklich noch nach Frühling. Nichts war vertrocknet. Der Boden hatte die Feuchtigkeit noch nicht abgegeben, denn die Sonne besaß noch nicht die Kraft, um ihn zu erreichen.

Deshalb ging sie über den weichen Untergrund tiefer in dieses unbekannte Gebiet hinein, das sie umschlang wie mit unzähligen Armen. Ein normales Laufen war nicht möglich. Das Vorangehen glich schon einem kleinen Kampf.

Immer wieder musste sie sich ducken, um nicht gegen harte Äste zu laufen, die recht niedrig wuchsen. Es gab nicht nur Nadelhölzer. Auch Laubbäume hatten sich ausbreiten können und bildeten ein breites Feld. Der Boden war mit Gräsern und Flechten bewachsen, doch am meisten hatte er das alte Laub aufgenommen, das sich als glänzende Schicht auf dem Untergrund ausgebreitet hatte.

Auch im Wald gibt es Wege, dachte sie. Auch Lichtungen und kleine freie Flächen, man muss sie nur finden. So machte sich die Frau Mut, als sie über den unebenen Boden schritt.

Ob sich ein Förster und dessen Mitarbeiter um den Wald kümmerten, wusste sie nicht. Es sah nicht so aus. Die letzten Orkane hatten auch hier an einigen Stellen Spuren hinterlassen. Bäume waren geknickt worden und lagen schräg. Manche hatten den Boden erreicht, andere waren von ihren Brüdern abgefangen worden.

Eine blasse Sonne stand am Himmel. Sie schickte ihr Licht auch gegen den Wald, doch nur ein Teil der Helligkeit erreichte den Boden, um dort ein fleckiges Muster zu hinterlassen. Alles andere wurde unterwegs abgefangen und schwebte wie eine schwache Decke über dem Kopf der älteren Frau, die der Mut noch immer nicht verlassen hatte, denn sie suchte auch weiter hin ihren Weg. Sie hatte sich vorgenommen, den Wald einmal zu durchwandern und danach wieder in einer anderen Richtung den Rückweg anzutreten.

Erste Mückenschwärme tanzten über feuchte Stellen am Boden. Vögel flatterten durch das hohe Geäst. Der Wald besaß seine eigenen Gesetze. Sie hörte Geräusche, aber nichts, was ihr verdächtig vorgekommen wäre. Voller Zuversicht wartete sie darauf, eine menschliche Stimme zu hören. Auch wenn es nur ein Schrei war. Dann hätte sie zumindest die Gewissheit gehabt, dass ihre Enkelin noch am Leben war, aber kein menschlicher Laut erreichte ihre Ohren. Und auch auf das Heulen des Wolfes wartete sie vergeblich. Sie entdeckte auch keine Hütte, obwohl sie sich immer wieder umschaute. Marlene stellte nur fest, dass sie immer tiefer in den Wald hineindrang und von dessen Atmosphäre eingenommen wurde.

Sie war so ganz anders als die auf der Wiese. Hier herrschte die absolute Menschenleere vor. Sie fühlte sich als Störenfried. Je tiefer sie in den Wald eindrang, um so dichter wurde er. Die Bäume schienen näher an sie heranzutreten, und zum ersten Mal schoss der Begriff Urwald durch Marlenes Kopf.

Sie hatte es schon geahnt und sogar damit gerechnet, aber jetzt, nachdem sie eine Bodenmulde hochgeklettert war, erhielt sie die Bestätigung. An dieser Stelle ging es nicht mehr weiter. Eine Orkanbö hatte zwei mächtige Laubbäume geknickt und zu Boden geschleudert. Beim Fallen hatten die Bäume eine Schneise in die Umgebung gerissen. Sie lagen auf dem Boden und bildeten schon so etwas wie eine mächtige Barriere, die Marlene überklettern musste, um weiterzukommen.

Zunächst legte sie eine Pause ein. Es war nicht warm unter den Kronen der Bäume, aber die Lauferei war für sie anstrengend gewesen, und sie merkte, dass sich der Schweiß auf ihr Gesicht gelegt hatte. Um sie herum summten die Mücken. Es war eine recht feuchte Gegend. Die beiden Stämme der gefallenen Bäume waren auf ihrer Rinde von einer grünlichen Patina überzogen. Ein ebenfalls grünliches Dach breitete sich über ihren Köpfen aus. Es zeigte nur wenige Lücken. Da schien ihr der normale Himmel noch weiter entfernt zu sein als sonst.

Marlene King war nicht mehr die Jüngste. Das merkte sie jetzt. Die Pause hatte sie einfach einlegen müssen, und sie atmete die Luft sehr tief ein. Manchmal erwischte ein leichter Windzug ihr Gesicht. Er brachte auch die frischen Gerüche des Frühlings mit. Woran sie sich früher gefreut hätte, das ignorierte sie. Ihre Gedanken formierten sich wieder. Sie wurde jetzt nicht mehr abgelenkt und konnte sich dem eigentlichen Ziel widmen.

War der Wald eine Falle?

Noch hatte sie nichts davon bemerkt. Wenn ja, dann konnte er nur eine natürliche Falle sein, in der sich ihre Enkelin wohlfühlte oder dazu gezwungen worden war, sich wohlzufühlen.

Marlene hatte nie viel auf den sechsten Sinn oder ähnliches gegeben. In diesem Fall dachte sie schon anders. Sie kam sich vor wie von Gefahren umgeben, die sich nur nicht zeigten. Der Wald bot ihnen Deckung genug, und die beiden geknickten Bäume gaben ihr die Botschaft bekannt.

Bis hierher und nicht weiter!

Vielleicht wären andere Menschen auch umgekehrt und wieder gegangen. Zu denen gehörte Marlene nicht. Sie wollte es durchziehen. Die Sorge um ihr Enkelkind war einfach zu groß. Da hielten sie die beiden gefallenen Bäume auch nicht auf.

In ihrem Alter war sie schon etwas unbeweglicher geworden, und so fiel es ihr nicht leicht, die Bäume zu überklettern.

Sie suchte nach einer Lücke. Sie musste die Hindernisse zur Seite biegen oder auch brechen. Sie gab nicht auf, obwohl sie zwei Mal auf dem rutschigen Stamm ausrutschte, aber letztendlich hatte sie es geschafft und kletterte auf die andere Seite, wo der Boden noch weicher war und sie zunächst stehen blieb.

Wieder musste sie tief durchatmen. Die Luft roch auch hier sehr würzig. Besonders die Nadelbäume breiteten ihren Duft aus.

Der Untergrund war von hohen Gräsern und Farnen bedeckt. Sie wuchsen auf den Laubschichten der vergangenen Jahre. Überall glänzte noch die Feuchtigkeit, und an machen Stellen stiegen sogar kleine Nebelschwaden in die Höhe.

Von einer Hütte sah sie nichts. Auch ihre Enkelin hatte sich noch nicht gezeigt. Allmählich machte sich Marlene mit dem Gedanken vertraut, dass sie einen falschen Weg gewählt hatte. Sie war einfach ihrem Gefühl gefolgt und hatte nicht überlegt, ob das auch korrekt gewesen war.

Bisher hatte sich ihr der Wald nicht offenbart und auch keine Antwort gegeben. Aber Marlene wollte eine haben. Ein Zeichen, dass sie den beschwerlichen Weg nicht grundlos gegangen war und wenn es nur das Heulen eines Wolfes war.

Sie ging noch ein paar Schritte weiter und blieb an einer etwas helleren Stelle stehen.

Okay, dachte sie. Wenn ihr euch nicht meldet, dann muss ich es eben tun.

Es war nicht leicht für sie, sich dazu zu überwinden. Noch einmal drehte sich Marlene auf der Stelle. Sie nahm all ihren Mut zusammen und versuchte, das innerliche Zittern zu unterdrücken, dann aber brach es aus ihr hervor.

»Lucy ...! Lucy ...!«

Die Echos hallten durch die Stille. Sie lauschte ihrer eigenen Stimme nach, die irgendwie immer zurückkehrte, aber sie gab nicht auf und lief weiter.

»Lucy ... bitte ... Lucy ... melde dich ...!«

Das letzte Wort endete zuerst in einem Hustenanfall, dann folgte das Krächzen, und Marlene war wieder still, weil sie auf die Antwort lauerte.

Ihre Enkelin brauchte nicht mal in der Nähe zu sein. Der Ruf war ihrer Meinung nach durch den gesamten Wald gehallt. Der hatte einfach gehört werden müssen.

Sie erhielt keine Antwort.

Lucy war still. Auch der Wolf heulte nicht. Die Umgebung schien sich über sie zu amüsieren, und Marlene ballte verzweifelt die Hände zu Fäusten.

Sollte alles umsonst gewesen sein?

Sie wusste es nicht, schloss die Augen und musste plötzlich gegen Tränen ankämpfen und zusätzlich gegen die Vorstellung, dass Lucy etwas Schreckliches passiert war. Dabei dachte sie nicht mal an ihren Tod, sondern an ...

Ein Ruf unterbrach ihre Gedanken. Ob er fern oder nah war, wusste sie nicht, aber es war eine menschliche Stimme, die sie hörte.

»Marlene ...«

Sie erstarrte. Schlagartig bildete sich eine Gänsehaut auf ihrem Körper. Es war für sie ein positives Frösteln, denn jetzt wusste sie, dass ihr Gang in den Wald nicht umsonst gewesen war. Jemand hatte ihr geantwortet, und das war Lucy gewesen, daran gab es keinen Zweifel mehr.

Sie wartete darauf, dass sich der Ruf wiederholte. Zunächst mal passierte nichts, und nach einer Weile versuchte sie es erneut.

»Lucy ...!«

Der Ruf glich mehr einem verzweifelten Schrei, und was sie nicht für möglich gehalten hatte, trat ein.

»Ich bin hier, Großmutter ...«

Nein, nein!, schoss es Marlene durch den Kopf. Das ist einfach unmöglich. Lucy kann doch nicht ... ja, sie war es. Sie hatte mit ihrer menschlichen Stimme geantwortet, und sie hatte auch nicht geheult wie ein Wolf.

Lucy war da! Lucy lebte. Die Sorgen und Ängste fielen plötzlich von Marlene ab, und trotzdem konnte sie nicht die Erleichterung spüren, die sie sich gewünscht hätte. Ein tiefes Gefühl erwischte sie als Warnung und teilte ihr mit, dass sie trotz allem sehr auf der Hut sein musste.

Aber sie ignorierte das Gefühl. Es musste einfach weitergehen, und so schrie sie: »Lucy, wo bist du? Bitte, zeig dich doch. Ich will dich sehen...«

Aber Lucy hielt sich zurück. Sie kam nicht, sondern gab eine andere Antwort. »Ich bin nicht weit von dir weg, Großmutter. Du musst einfach nur geradeaus gehen.«

»Und dann?«

»Wirst du mich bald sehen!«

»Gut, gut!«, rief sie hastig, »ich komme. Ich werde dich finden, und dann sehen wir weiter.«

Marlene King wusste nicht, ob sie lachen oder weinen sollte.

Sie dachte an den Wolf und wie gut Lucy sich mit ihm verstanden hatte. Zwar hatte sie ihn noch nicht heulen hören, aber sie konnte sich sehr gut vorstellen, dass er sich in Lucys Nähe aufhielt. Einer wie er ließ sein Opfer bestimmt nicht aus den Augen. Er wollte nicht, dass es wegrannte.

Sie wusste sehr gut, wohin sie zu gehen hatte. Der Ruf war von vorn erklungen, und diese Richtung schlug sie auch ein. Es war genau der Teil des Waldes, in dem die Natur sich am dichtesten ausgebreitet hatte. Hier wurden selbst die Gräser und Farne zu einem Hindernis. Hinzu kam der weiche, oft morastig wirkende Untergrund.

Es war die Welt der schweren Düfte, der Feuchtigkeit. Die Welt ohne Wege. Der märchenhafte Wald, in dem sich Hänsel und Gretel verirrt hatten, bevor sie das Hexenhaus erreichten.

Was werde ich zu sehen bekommen?, dachte Marlene und kämpfte sich weiter vor.

Dann blieb sie stehen, weil sie etwas entdeckt hatte. Vor ihr war der Wald besonders dunkel geworden. Da schienen Bäume und Buschwerk von zwei Seiten aufeinander zugewachsen zu sein, um ein regelrechtes Dach zu bilden. Darunter fehlte das Licht fast völlig. Dort sah die Welt mehr schwarz als grün aus. Nur hin und wieder verteilte sich ein fleckiges Licht, das dicht über dem Boden schwebte oder wie Spinnweben in den Büschen festhing.

»Lucy?«

Sie rief nach ihrer Enkelin. Diesmal nicht so laut, sondern mehr fragend.

»Ja, du bist bald da, Großmutter.«

Marlene erschrak. Sie hatte zwar auf eine Antwort gehofft, dass sie aber so dicht in ihrer Umgebung abgegeben worden war, hatte sie nicht erwartet.

Leise stöhnte sie auf.

»Warte auf mich ...«

»Ja, Lucy, ich warte ...«

Vor ihr bewegte sich etwas. Ein Körper glitt durch die Dunkelheit, der teilweise das Fleckenlicht verdeckte. Allerdings immer nur für einen kurzen Moment. Sehr schnell tauchte der Umriss wieder auf, und Marlene erkannte tatsächlich ihre Enkelin. Auch wenn sie das Kind noch nicht so sah, wie sie es sich gewünscht hätte, es war zu keiner Bestie geworden, und erst in diesem Moment fiel ihr der berühmte Stein vom Herzen.

Lucy blieb vor ihrer Großmutter stehen.

»Hi«, sagte sie, »ich wusste, dass du kommen würdest, um mich zu suchen, meine Liebe ...«

Marlene King gab zunächst keine Antwort. Sie wunderte sich über ihr eigenes Verhalten. Normal wäre es gewesen, wenn sie Lucy in ihre Arme geschlossen hätte, aber das tat sie nicht. Sie blieb starr stehen. Sekundenlang flammte in ihr der Gedanke auf, es mit einer fremden Person zu tun zu haben.

Sie musste sich zusammenreißen, um zu lächeln und Lucy dabei anzusehen. Nein, das Kind hatte sich nicht verändert. Nur von der Kleidung her. Es trug nicht mehr seinen Bademantel, sondern hatte die blauen Jeans übergezogen und einen Pullover, dessen Ärmel bis zu den Handgelenken reichten. Die Füße steckten in weichen Turnschuhen, und Marlene musste tatsächlich überlegen, ob die Kleidungsstücke ihrer Enkelin überhaupt gehörten. Der Wald hatte seine Spuren hinterlassen. Auf dem Stoff des Pullovers klebten Blätter und kleinere Stücke von abgebrochenen Ästen.

»War es schlimm, Großmutter?«

Marlene schüttelte kurz den Kopf. »Was meinst du damit?«

»Der Weg durch den Wald.«

Sie winkte ab. »Es ging. Zwar ein wenig anstrengend, aber er hat sich gelohnt, denn ich habe dich gefunden.« Sie ließ ihren Blick an Lucys Körper, entlanggleiten. Sie konnte keine Auffälligkeiten feststellen und fragte: »Es geht dir wirklich gut, Kind?«

»Ja, natürlich.«

»Du bist nicht erschöpft?«

»Nein, warum denn?«

»Ach, nur so...« Marlene lächelte ins Leere. Noch immer hatte sie sich nicht getraut, ihre Enkelin in die Arme zu schließen. Lucy war ihr komischerweise fremd geworden. Nicht nur, weil sie verschmutzte Kleidung trug, es lag auch an ihrem Verhalten, das so gar keine

Wärme ausstrahlte. Da hätte man auch eine Puppe vor sie hinstellen können, so kam ihr die eigene Enkelin vor.

»Hier ist es sehr schön, Großmutter ...«

»Ach wirklich?«

»Ja, ich fühle mich wohl.« Lucy lachte und streckte dabei die Arme in die Höhe. »Ich habe gelernt, dass der Wald auch ein Freund sein kann. Ehrlich, das musst du mir glauben. Er ist wirklich zu einem wunderbaren Freund geworden.«

Das konnte Marlene schlecht nachvollziehen. Bisher war der Wolf auch nicht erwähnt worden, und Marlene traute sich nicht, davon anzufangen. Da gab es etwas, was sie zurückhielt.

»Aber du bist kein Tier, Kind ...«

»He? Wie meinst du das?«

»Im Wald fühlen sich eigentlich nur Tiere wohl. Wenn du verstehst, was ich meine.«

Lucy fuhr durch ihre hellen, lockigen Haare, die etwas fettig und auch schmutzig geworden waren. »Sei mir nicht böse, Großmutter, so richtig verstehe ich das nicht.«

Marlene King atmete tief durch. Sie fühlte sich schon längst aus der normalen Welt herausgerissen. Was hier ablief, war nicht mehr das normale Leben, denn hier drängten sich Dinge zusammen, die sie bis zu diesem Zeitpunkt nicht so erlebt hatte. Der Wald gehörte zwar zur normalen Welt, aber für sie war er auch zu einer Bühne geworden, die aus der richtigen Welt herausgezogen worden war. Ihre Hoffnung, dass alles in ihrem Sinne gut ausgehen würde, war gesunken.

»Das ist doch so, wie ich es gesagt habe, Lucy. Der Wald ist nichts für uns Menschen. Nicht für immer. Mal zum Spazierengehen und zum Erholen schon, aber sonst ...«

»Sag doch, was du meinst!«

»Gut, Lucy. Ich wollte dich finden. Ich habe dich auch gefunden, und jetzt stehe ich vor dir, um dich wieder nach Hause zu holen. Das ist alles ...«

Lucy sagte nichts. Ihr Schweigen irritierte Marlene. Sie blickte in das Gesicht ihrer Enkelin und versuchte darin zu lesen, was sie wohl dachte.

»Ich fühle mich hier wohl«, sagte Lucy schließlich. »Ich werde hier im Wald bleiben. Kann sein, dass ich dich hin und wieder besuchen komme, aber der Sommer wird wunderbar werden, das spüre ich. Und deshalb möchte ich nicht mehr zurück, verstehst du?«

Eine Ausrede!, schrillte es durch Marlenes Kopf. Das ist nichts anderes als eine Ausrede. Damit kann sie mir nicht kommen. So etwas kann es nicht geben. Das ist ja einfach nur verrückt. Sie hat sich völlig gedreht.

Noch immer traute sie sich nicht, die Sprache auf den Wolf zu bringen. Sie nagte an der Unterlippe und flüsterte: »Stimmt denn das alles, was du mir da gesagt hast?«

»Ja, warum sollte es nicht stimmen?«

»Ich kann es dir nicht sagen, Lucy, weil ich es einfach nicht weiß. So sieht es aus.«

»Du kannst es sehen.«

Das begriff Marlene nicht. »Was soll ich denn sehen können, Kind?«

»Wie ich lebe.«

»Hier im Wald?«

»Ja.«

»Und dann?«

»Wirst du mich sicherlich verstehen können, Großmutter.« Sie streckte ihr die rechte Hand entgegen. »Bitte, komm jetzt. Ich möchte dir alles zeigen.«

Marlene King wusste noch immer nicht, wie sie sich verhalten sollte. Entsprachen die Wünsche der Wahrheit, oder erlebte sie hier ein abgekartetes Spiel?

Sie konnte es nicht sagen. Sie wusste nichts. Sie fühlte sich überfragt und hintergangen. Alles war anders geworden. Nicht nur Lucys Leben hatte sich auf den Kopf gestellt, sie zählte sich selbst auch dazu. Am schlimmsten empfand sie ihre Sprachlosigkeit, und sie war auch nicht in der Lage, nachzudenken und etwas dagegen zu tun.

Wäre Lucy nicht ihre Enkelin gewesen, dann hätte sie anders reagiert. So aber musste sie auf Lucys Linie einschwenken. Im Hintergrund lauerte noch immer der Wolf. Den hatte sie gesehen. Sogar zusammen mit Lucy. Der ließ sich auch nicht wegreden. Und einer wie er hatte im Wald sein ideales Versteck gefunden, das kam auch noch hinzu.

Ein Versteck wie Lucy ...

Wieder überfiel sie ein Schauer. Sie wurde unsicher, im Gegensatz zu Lucy, die einfach nach der Hand ihrer Großmutter fasste und sagte: »Komm jetzt bitte.«

Marlene ließ sich weiterziehen, doch in ihrem Kopf baute sich eine Frage auf.

Wohin soll das noch alles führen ...?

Es führte zu einer Hütte!

Beide blieben stehen, und Marlene war mehr als überrascht, als sie den aus Zweigen und Holz gebauten Unterschlupf sah, der sich dort befand, wo die Bäume besonders dicht zusammenwuchsen und dem zwar primitiven, aber auch geschickt angelegten Bau den nötigen Halt verliehen.

Es war für sie wirklich wie im Märchen. Und doch erlebte sie eine Tatsache.

Enkelin und Großmutter blieben stehen. Lucy hatte ihre Oma bewusst gestoppt, damit sie sich einen ersten Eindruck verschaffen konnte.

Sie standen vor der breiten Seite der Hütte, in der es eine Tür gab. Sie war ebenfalls aus Holz gezimmert worden, wie auch die Seiten. Um ihnen Halt zu geben, waren die Zwischenräume der Stämme mit Moos ausgepolstert worden. Nur für das Dach hatte man kein Holz mehr gefunden. Es war aus Zweigen und Ästen, sowie Farnen, Gras und Moos dichtgemacht worden. Fenster gab es nicht. Auch bei Sonnenschein würde es in der Hütte immer düster sein. Die Umgebung war zusammengewachsen wie bei einem tropischen Dschungel.

»Gefällt sie dir, Großmutter?«

Marlene wusste nicht, was sie antworten sollte. Sie zuckte nur mit den Schultern.

»Egal, lass uns erst mal hineingehen.«

»Ja, wie du willst.«

Marlene ärgerte sich darüber, dass ihre Knie zitterten. Sie konnte nicht von einer unbedingten Panik sprechen, die sie erlebte, aber die Furcht war in ihr hochgekrochen und hielt sie in den Klauen. Diese Welt hier war mit der ihren nicht zu vergleichen. Es war eine andere geworden, in der auch eine Gefahr lauerte, die sich aber noch im Unsichtbaren verbarg.

»Schau sie dir doch mal von innen an, Großmutter. Du wirst wirklich begeistert sein.«

Marlene hatte das Gefühl, das ein Teil ihres Willens ausgeschaltet worden war. Darauf nahm Lucy keine Rücksicht. Wieder umfasste sie die Hand der Großmutter. Dann ging sie langsam auf die Tür zu, die halb offen stand, von ihr aber mit der freien Hand noch weiter aufgezogen wurde, damit beide bequem über die Schwelle schreiten konnten.

Die Hütte nahm sie auf und damit auch das grünliche Dunkel, bei dem die klaren Umrisse verschwammen. Die Augen mussten sich erst an die Umgebung gewöhnen, doch zunächst stellte Marlene King etwas völlig anderes fest.

Es war der Geruch, der fremde Geruch, der ihrer Meinung nach nicht zu dem des Waldes passte. Es roch so anders. So streng. Nach Tier. Aber sie fand nicht heraus, nach welchem Tier die Luft stank. Scharf und säuerlich wie Schweiß. Jedenfalls strahlte ihre Enkelin den Geruch nicht ab. Sie roch zwar anders, aber nach Wald, und das fand Marlene irgendwie beruhigend.

Nur konnte sie sich nicht vorstellen, dass sich Lucy hier wohlfühlen konnte. Es gab keine Stühle, keine normalen Tische. Wer sich setzen wollte, der musste auf Baumstümpfen Platz nehmen. Es war auch kein Bett vorhanden, dafür ein Lager aus Blättern, Zweigen, Ästen und Heu. Ein heftiger Windstoß hätte alles durcheinander gewirbelt.

»Das kann doch nicht wahr sein, Lucy ...«

»Was denn?«

»Dass du hier leben willst.«

»Doch, Großmutter, doch.«

»Bitte, hör auf, mir so etwas zu erzählen.« Ihre Stimme klang jetzt ärgerlich. »Was ich hier sehe, das ist nicht menschenwürdig, tut mir Leid.«

»Aber ich mag es.«

Marlene drehte sich ruckartig herum. »Seit wann magst du es? Seit der letzten Nacht, als du mit dieser verdammten Bestie verschwunden bist? Seit der Zeit?«

»Der Wolf ist mein Freund.«

Marlene schloss die Augen und atmete tief durch. Dann beugte sie sich zu ihrer Enkelin hinab, die etwas tiefer neben ihr stand. »Es ist ein Wolf und kein Hund, verstehst du? Ein Wolf kann nicht so sein wie ein Hund. Da hast du dich geirrt. Sieh es endlich ein, verdammt noch mal.«

»Er mag mich.«

»Und du ihn auch, wie?«

»Klar.«

»Das habe ich gesehen«, flüsterte Marlene vor sich hin. »Ja, das habe ich leider mit ansehen müssen. Damit sich das nicht wiederholt, bin ich zu dir gekommen. Ich werde dich wieder mit nach Hause nehmen, Lucy. Verstehst du?«

Lucy lachte. Ihre Großmutter erkannte den Grund nicht. Dann sah sie, wie sich Lucy bückte und etwas vom dunklen Boden aufhob, das ihr bisher noch nicht aufgefallen war.

Es war ein Gefäß, ein Kolben mit einer ungewöhnlichen Form. Unten lief er als Kugel zu. An der oberen Seite lief er in einem Hals aus, der nicht verschlossen war. Das Mädchen hielt ihn so hoch, dass er sich in Marlenes Augenhöhe befand. Jetzt konnte sie den Inhalt sehen, der hinter dem Glas dunkel schimmerte. Es war jedenfalls eine Flüssigkeit, wenn auch nicht so dünn wie Wasser.

»Lucy, was soll das?«

»Es schmeckt.«

Marlene schluckte. »Du willst doch nicht etwa behaupten, dass du das Zeug da getrunken hast?«

»Doch«, erklärte sie fröhlich. »Das will ich. Ja, ich habe davon getrunken.«

»Es ist Gift!«, stellte Marlene King kategorisch fest. »Es ist ein verdammtes Gift!«

Lucy ging auf die Bemerkung nicht ein. »Ich möchte, dass du auch einen Schluck davon trinkst.«

»Nein, auf keinen Fall.« Die Frau fügte noch ein scharfes Lachen hinzu.

Davon ließ sich das Mädchen nicht aus der Ruhe bringen. »Schade, Großmutter, das ist wirklich schade«, erklärte sie in einem bedauerlichen Tonfall.

»Warum soll das für mich schade sein?«

»Will ich dir sagen. Du möchtest doch, dass ich mit dir nach Hause komme.«

»Und ob ich das möchte.« Marlene holte tief Luft.

»Dann trink einen Schluck. Probiere ihn, und alles wird wie von selbst laufen.«

Die Frau hatte nicht im Traum daran gedacht, einen Schluck zu nehmen. Jetzt allerdings sah die Sache schon anders aus. Sie spürte plötzlich, dass die Enkelin sie in eine verdammte Zwickmühle gebracht hatte. Lucy nutzte ihre Lage schamlos aus, und Marlene fragte sich wirklich, ob sie sich das antun sollte.

»Du musst dich entscheiden, Großmutter.«

Marlene schluckte, obwohl sie noch nichts getrunken hatte. »Was ist denn, wenn ich es ablehne?«

»Dann werde ich nicht mit dir zurückgehen, das habe ich dir schon gesagt. Das meine ich ehrlich.«

Für Marlene hatte die Kleine ihre kindliche Unschuld verloren. Sie hatte sich tatsächlich angehört wie eine Erwachsene, und sie war ihr so schrecklich fremd geworden. Sicherlich hätten ihre Eltern anders reagiert, aber sie war nicht die Erzieherin und konnte das Kind auch nicht mit Gewalt nach Hause zerren. Zudem befand sie sich auf fremdem Terrain, und da lagen die Dinge eben anders. Im Gegensatz zu Lucy kannte sie sich hier nicht aus, und so hielt das Mädchen leider alle Trümpfe in den Händen.

Lucy streckte ihr den Kolben entgegen. Sie lächelte dabei etwas schief, und es kam Marlene auch wie ein falsches Lächeln vor. »Willst du nun oder willst du nicht?«

»Ja, ich will.« Marlene nickte, obwohl sie sich innerlich noch immer dagegen sträubte. Es blieb ihr leider nichts anderes übrig, wenn sie Lucy nicht ganz verlieren wollte. Hinzu kamen noch die Eltern. Was hätte sie ihnen sagen sollen?

Marlene kam sich vor, als wäre sie das Kind und Lucy die Erwachsene. Sie griff zu.

»Bitte, ist schon ein Anfang.«

Marlene King sagte nichts. Sie stand da und hielt das Gefäß in der rechten Hand fest. Die Finger umklammerten den langen Hals, ansonsten sagte sie nichts.

»Jetzt solltest du aber trinken. Es ist der richtige Ort und die richtige Zeit.«

»Kannst du mir denn sagen, was ich da trinke, Lucy?«

»Ein Trank aus den Früchten des Waldes. Viele Kräuter sind darin vereint.«

»Und was sonst noch?«

»Kräuter . . .«

»Welche Flüssigkeit?« Sie roch an der Öffnung. »Ich habe das Gefühl, dass es kein Wasser ist.«

»Kann sein.«

Marlene King stellte keine weiteren Fragen mehr. Sie wusste jetzt, dass ihr die Enkelin keine vernünftige Antwort geben würde. Aber sie wollte alles tun, um Lucy zurückzubekommen. Und deshalb setzte sie die runde Öffnung gegen ihre Lippen. Dabei hielt sie die Augen offen und schielte gegen die Kugel, die jetzt in eine schräge Lage geraten war, so dass sich die träge Flüssigkeit in Bewegung setzte und allmählich der Öffnung entgegenrann.

Marlenes Herz schlug schneller. Ihre Gedanken konzentrierten sich dabei nur auf einen Punkt, der sich zu einer Frage erweiterte. Was tue ich mir freiwillig nur an?

Sie spürte den Druck des Glases an der Unterlippe. Plötzlich schoss wieder ein Bild durch ihren Kopf. Sie sah Lucy zusammen mit dem Wolf an der Haustür stehen. Die tolle Begrüßung – so unverständlich. Das nächste Bild erschien.

Lucy in ihrem Bett!

Der Arm, auf dem die Haare gewachsen waren. Wie Fell und …

»Trink, Großmutter, trink endlich!«

Es hörte sich an wie ein Befehl. Da waren Worte zu einer akustischen Peitsche geworden.

Das Zeug rutschte weiter durch den Hals auf ihren Mund zu. Sie hatte ihn nur leicht geöffnet, und das Zeug widerte sie an. Marlene suchte verzweifelt nach einem Ausweg. Sie wollte das Trinken nur vortäuschen, aber sie wusste zugleich, dass es ihr nicht gelingen würde, denn Lucy beobachtete sie genau.

Der erste Schluck – nein, nur ein Schlückchen. Auch nicht mehr als eine Berührung mit der Unterlippe.

Dabei blieb es nicht, denn wenig später erreichte die träge Flüssigkeit die Zunge. Sofort reagierten da die Geschmacksnerven. Das Getränk schmeckte bitter und widerlich. Die Frau wollte das Gefäß absetzen, und genau das hatte ihre Enkelin geahnt.

Sie hob die rechte Hand und stieß damit gegen das Gefäß. Es kippte, die Flüssigkeit schoss beinahe schon nach vorn und hinein in den Mund der Frau.

Es blieb Marlene King nichts anderes übrig, als das verdammte Zeug zu schlucken …

»Jetzt weiß ich auch, warum der Begriff gottverlassen erfunden worden ist«, sagte Suko.

»Ach ja? Warum denn?«

»Schau dich mal um.«

Das war zwar etwas übertrieben, aber im Prinzip hatte er schon Recht. Das Kaff hieß Common, und hier schien die Welt wirklich am Ende zu sein. Da gab es einfach nichts, was einen Menschen gereizt hätte, hier einen Urlaub zu verbringen. Es war hier alles sehr einsam. Selbst die wenigen Häuser vermittelten kein Gefühl der Geborgenheit. Wäre nicht die Straße gewesen, die den Ort teilte, hätte man sich wirklich verloren vorkommen können.

Dafür lag der Ort in einer landschaftlich reizvollen Umgebung, die mit grünen Wäldern, Hügeln und Tälern gefüllt war. Das sah schon aus wie ein Naturschutzgebiet, und die Autobahn, die nur einen Kilometer östlich von Common entlang führte, schien überhaupt nicht zu existieren. Die Menschen fuhren vorbei, denn eine Abfahrt war erst gar nicht gebaut worden.

Ebenso hätte man auch die Hauptstraße ausbessern können, denn die Fahrt in den Ort wurde von einer wilden Schaukelei durch die Unebenheiten der Fahrbahn begleitet.

Suko verzog mehr als einmal das Gesicht zu einem säuerlichen Grinsen, und auch ich war nicht eben begeistert. Wir mussten allerdings zugeben, dass die Einsamkeit dieser Landschaft für einen Werwolf durchaus seine Vorteile besaß, denn nach irgendwelchen Verstecken brauchte er nicht erst zu suchen.

Wir suchten Marlene King und wenn möglich auch ihre Enkelin. Wo sie lebte, hatte uns Dennis Fenton nicht direkt gesagt. Er hatte von außerhalb gesprochen.

Da wir nicht lange herumsuchen wollten, war es besser, einen Bewohner zu fragen.

Obwohl der Sonnenschein die Gegend nicht eben verwöhnte, waren die Menschen nicht unbedingt in den Häusern geblieben. An einem Haus mit Vorgarten hielten wir an. Ein älterer Mann war damit beschäftigt, Unkraut zwischen seinen Blumen zu jäten. Als die Autotüren zuschlugen, erhob er sich aus seiner gebückten Haltung.

Wir traten an den Lattenzaun heran und winkten ihm zu. Der Mann verengte seine Augen. Es war zu sehen, dass er von Fremden nicht viel hielt. Mit langsamen Schritten kam er näher. Mir fiel auf, dass er an den Füßen Holzlatschen trug. Die mit drei Zinken bestückte Jätgabel hielt er wie ein Messer in der Hand. Sie konnte auch zu einer Waffe werden, wenn er es wollte.

Wir waren nur schlecht aus London herausgekommen. Inzwischen war es längst später Nachmittag geworden. So lange die Helligkeit noch über dem Land lag, waren wir zufrieden.

Ich grüßte freundlich, was den Mann zu einem Nicken veranlasste. »Haben Sie sich verfahren?«

»Nein, Mister, das nicht. Wir wollen nur jemand hier in Common besuchen, wissen aber nicht, wo er wohnt.«

»Ach, wen denn?«

»Marlene King.«

»Hm.« Es war ihm nicht anzusehen, ob ihm unsere Frage gefallen hatte. Zunächst erwiderte er nichts. Dann fragte er: »Was wollen Sie denn von ihr?«

»Wir möchten etwas abgeben.« Ich hatte mir die kleine Notlüge schon zurecht gelegt. »Und zwar von einem jungen Mann, der ebenfalls hier gewohnt hat. Kennen Sie Dennis Fenton?«

»Klar.« Jetzt wurde er zugänglicher. »Aber der lebt nicht mehr hier. Er ist nach London gezogen.«

»Das wissen wir, denn genau von dort kommen wir her. Wir haben ihn da kennen gelernt.«

»Ja, gut, verstehe. Und was wollen Sie von ihm?«

»Von ihr. Von Marlene King. Nur etwas abgeben, das ist alles.«

»Okay, dann hören Sie zu. Die Marlene wohnt nicht direkt hier im Dorf. Etwas außerhalb. Das Haus steht allein. Sie müssen den schmalen Weg nehmen, der in südliche Richtung führt. Sie sehen da einen dichten Waldrand. Zwischen dem Dorf und dem Wald steht ein einzelnes Haus. Da finden Sie Marlene.«

»Danke.«

»Wenn Sie um die nächste Kurve fahren, finden Sie auch den Weg.«

»Fabelhaft«, sagte ich. »Und noch etwas. Sie haben wunderbare Blumen im Garten. Kompliment.«

»Die habe ich im letzten Herbst selbst gepflanzt. Sie sind wirklich toll aufgegangen.«

Noch einmal ihm zuwinkend, zogen wir uns zurück.

»Raffiniert gemacht«, sagte Suko, als wir wieder im Rover saßen. »Der Knabe sah mir sehr verstockt aus.«

»Kein Wunder bei dieser Gegend.«

Der Weg war schnell gefunden. Er war auch nicht viel schlechter als die normale Hauptstraße des Ortes. Nur führte er nicht zwischen Häusern entlang, sondern hinein in die freie Natur, und selbst aus einer größeren Entfernung konnten wir den dunklen Saum des Waldes erkennen, der aussah wie ein dunkler Schatten.

Dazwischen stand das Haus.

Ein Hexenhaus!, dachte ich, als ich es dort in der Einsamkeit stehen sah. Es gab wirklich nichts um das

Haus herum, nur eben die freie Natur, und die war auch nicht kultiviert worden, denn es gab nur die Wiesen.

Im Hintergrund türmten sich einige Hügel hoch, die bewaldet waren. Wer daran Spaß hatte, konnte hier herrlich wandern, nur stand uns danach nicht der Sinn.

Der Weg wuchs in der Nähe des Hauses immer mehr zu, sodass wir schließlich über eine grüne Fläche fuhren und wenig später den Rover nur ein paar Schritte vom Haus entfernt stoppten.

Wir waren noch nicht ausgestiegen, als Suko sagte: »Das macht mir einen ziemlich verlassenen Eindruck.«

»Was hast du denn erwartet?«

»Dass man uns entgegengekommen wäre. Schließlich ist ein Auto auf der freien Fläche gut zu sehen.«

Ich hob nur die Schultern und stieg aus. Wenig später hatte auch Suko den Rover verlassen. Nebeneinander schritten wir auf den Eingang zu. Es gab wirklich nichts Auffälliges an diesem alten Haus zu entdecken. Nur eben, dass es nicht in die moderne Zeit hinein passte und sicherlich schon Jahrzehnte auf dem Buckel hatte.

Ich spähte durch eines der kleinen Fenster, und mein Blick fiel in eine Küche.

Niemand saß oder bewegte sich darin. Suko, der das Haus inzwischen umrundet hatte, kehrte zu mir zurück. Sein Gesicht sprach Bände. Auch er hatte nichts gesehen.

»Willst du hinein, John?«

»Nein, warum?«

»War nur eine Frage.«

»Es gibt keinen Grund. Außerdem muss ich daran

denken, was Fenton uns berichtet hat. Die Musik spielt nicht hier im Haus, sondern mehr im Wald. Aus ihm ist Lucy King schließlich gekommen, als sie so verändert gewesen war.«

Ja, der Wald.

Wir schauten hin.

»Das ist der Werwolf-Wald«, sagte Suko.

Ich musste grinsen. »Du greifst ziemlich weit vor.«

»Weiß nicht. Ich glaube daran, dass er sich dort versteckt hält. Und nicht nur er.«

»Marlene King und ihre Enkelin auch?«

»Da sie nicht im Haus sind, können wir davon ausgehen.«

Es brachte uns nichts, wenn wir auch weiterhin hier standen und nur redeten. Wir mussten handeln, und das bedeutete, dass wir uns den Wald näher anschauen mussten.

»Dann los!«

Suko hatte es eilig. Ich ließ ihn vorgehen und schaute zum Himmel hoch.

Die Sonne gab es nicht mehr. Wie so oft in den letzten Wochen. Dafür sah es auch nicht nach Regen aus. Suko, der vor mir ging, machte auf mich den Eindruck des einsamen Wanderburschen, der irgendein Ziel sucht.

Am Waldrand holte ich ihn ein. Beide spürten wir, wie das Stück Natur vor uns regelrecht ausatmete. Da floss uns die kühle und recht würzige Luft entgegen, sodass wir nicht anders konnten, als sie voll in unsere Lungen zu pumpen.

Es war ein Anblick, der gut tat, ich hätte ihn auch gern noch länger genossen, aber wir waren nicht zum Vergnügen hier, sondern hatten einen Job zu erledigen.

Cedric Morton hatte es schon erwischt. Er hatte den

Wald und dessen Gefahren unterschätzt. Wir wollten nicht, dass es uns ebenso erging. Auch Suko blickte zum Himmel, wobei er meinte: »Ich denke nicht, dass es seine Zeit ist.«

»Willst du bis Mitternacht warten?«

»Auf keinen Fall, John. Vielleicht sind unsere Chancen jetzt sogar besser als später.«

»Das ist durchaus möglich.«

Um in den Wald hineinzukommen, mussten wir erst den Ring aus Unterholz überwinden.

Suko machte den Anfang. Der schmale Graben vor dem Unterholz war zugewuchert, und mein Freund sackte mit seinem rechten Bein plötzlich weg. Ich hörte ihn noch schimpfen, aber dann vernahmen wir beide einen anderen Laut, der uns erstarren ließ.

Aus dem Wald drang uns ein unheimliches Heulen entgegen...

Marlene spürte es!

Sie spürte, wie dieses verdammte Getränk durch ihren Mund geglitten war und dann in die Kehle hineinlief. Ob sie es wollte oder nicht, sie musste das Zeug einfach schlucken. Die Idee, es auszuspeien, kam ihr zu spät. Als sie den Kolben schließlich absetzte, befand sich ein Teil des Inhalts bereits in ihrem Magen.

»Was ... was .. « Sie wollte reden, aber in ihrer Kehle geschah etwas und sorgte dafür, dass sie gar nichts sagen konnte. Es fing an zu brennen. Das Getränk schien sich plötzlich in Feuer verwandelt zu haben, sodass es ihr unmöglich war, sich zu artikulieren. Den Arm mit dem Kolben schwenkte sie hin und her.

Lucy hatte Angst, dass er der Großmutter aus der

Hand fallen würde, und nahm ihn an sich. Sofort stellte sie ihn in eine Ecke, wo er niemand störte.

Marlene fühlte sich innerlich wie verbrannt. Sie war noch immer nicht in der Lage, auch nur ein Wort zu sagen. Selbst normal stehen bleiben schaffte sie nicht. So taumelte sie mal nach hinten, dann wieder zur Seite und war froh, nicht über die Baumstümpfe zu stolpern und hinzufallen. An der Innenwand der Hütte fand sie schließlich einen Halt. Sie breitete sie Arme aus und spürte unter ihren Handflächen das raue Holz. Die Knie zitterten noch immer. Auch hatte sie den Eindruck, innerlich zu flattern, und der Schweiß brach ihr in Strömen hervor.

Lucy hatte sich so aufgebaut, dass sie ihre Großmutter beobachten konnte. Sie lächelte etwas schief, und ihre Augen leuchteten dabei.

Das wiederum wunderte und ängstigte Marlene zugleich. Sie kannte das Leuchten nicht bei ihrer Enkelin. Deren Augenfarbe hatte sich verändert, jetzt glich sie mehr dem Licht, das Marlene auch in den Augen des Wolfes gesehen hatte.

Aber sie war zu stark mit ihren eigenen Unzulänglichkeiten beschäftigt, als dass sie näher darüber nachgedacht hätte. Sie hatte das Zeug getrunken und schon vorher gewusst, dass es ein Fehler war. Den konnte sie jetzt nicht mehr korrigieren. Das Zeug steckte in ihr und breitete sich noch stärker aus, denn durch ihren Körper zogen Hitzebahnen.

Immer wenn sie Luft holte, klang es wie ein hartes Keuchen. Sie stand unter einem wahnsinnigen Druck, und selbst das Stehen an der Wand bereitete ihr Mühe.

Die Wärme verteilte sich. In den Füßen hielt sie sich auf. In den Beinen, im Oberkörper ebenfalls, und sie war sogar in den Kopf gestiegen, als wollte sie das Gehirn verbrennen.

So etwas hatte sie noch nie im Leben durchlitten. Verzweifelt bemühte sich Marlene, sich auf ihre Enkelin zu konzentrieren. Sie wollte Lucy unbedingt ansprechen und suchte nach den passenden Worten. Die fand sie auch, nur war es nicht so einfach, sie auch auszusprechen. Nach einigen Anläufen gelang es ihr, sich einigermaßen verständlich zu machen.

»Bitte ... bitte ... was hast du mir da zu trinken gegeben? Sag es, Kind, sag es ...«

Das Mädchen lachte. »Was willst du, Großmutter? Ich habe es auch getrunken.«

»Aber ich bin nicht du.«

»Weiß ich. Nur gehörst du jetzt zu uns, Großmutter.«

Marlene King hatte alles gehört. Sie ahnte, was das bedeuten konnte, aber sie stemmte sich in ihrem Innern noch dagegen. Sie wollte es einfach nicht wahr haben.

»Wieso zu euch?«

»Du hast den Wolfstrank zu dir genommen.«

Das war es. Ja, genau das war es. Wie habe ich mich nur so reinlegen lassen können?, fuhr es ihr durch den Kopf. Das ist kein normaler Kräutertrank gewesen, da steckt mehr, viel mehr dahinter. Es war ein Trank, der verändert und aus einem Menschen etwas anderes machen kann.

»Stimmt das?«

»Ja, Großmutter.«

»Und du hast ihn auch getrunken?«

»Sehr gern sogar.«

Marlene musste erst Luft holen. »Was ... was passiert denn jetzt mit mir? Ich spüre ihn ja, wie er in mir arbeitet. Er ist so heiß wie Feuer. Ich brenne innerlich. Er brennt mir alles kaputt. Ich fühle mich, als müsste ich sterben.«

»Das wirst du nicht, Großmutter, du wirst nur zu einer anderen. Nicht sofort, ganz allmählich. Du spürst es, wenn er sich mal richtig ausgebreitet hat...«

»Nein, nein, ich hasse ihn!«

»Es gibt kein Zurück mehr.«

»Was passiert genau?«

»Du wirst dich verwandeln, Großmutter. Du wirst nicht nur zu einem normalen Wolf, sondern zu einem Werwolf, der immer auf den Vollmond lauert, um sich verwandeln zu können. In der Zwischenzeit läufst du als Mensch herum, aber wenn der Rhythmus vorbei ist, dann kommt es wieder über dich.«

Marlene hatte jedes Wort sehr genau gehört. Sie war auch nicht dumm. Zwar kannte sie sich auf dem Gebiet der Werwölfe nicht besonders aus, aber immerhin wusste sie, dass Geschichten über diese Kreaturen geschrieben worden waren, die sie natürlich nie geglaubt hatte.

Und jetzt sollte ihr das Unwahrscheinliche widerfahren sein?

Das konnte sie einfach nicht akzeptieren. Dagegen musste man sich wehren. Sie wollte nicht wie ihre Enkelin in diesem verdammten Wald verrotten. Sie besaß ein Haus, in dem sie sich wohl fühlte. Sie besaß eine Heimat. Es war alles so wunderbar geregelt, und sie hatte ihrer Enkelin ebenfalls ein gutes Zuhause gegeben. Aber das zählte alles nicht mehr. Sie hatte den verdammten Wolfstrank zu sich genommen, und dieses Wissen überschwemmte alles. Es war furchtbar. Marlene wollte auch nicht näher darüber nachdenken und versuchte, eine Sperre in ihrem Gehirn zu errichten, aber das gelang ihr nicht.

Sie konzentrierte ihren Blick auf Lucy. Wie hatte sich das Kind verändert! Es war erwachsen geworden. Es lächelte wie ein Erwachsener, und der Ausdruck in seinen Augen war und blieb fremd. Das kalte Licht strahlte Marlene entgegen. Diese Augen hatten mit denen eines Menschen nichts mehr gemeinsam.

»Bitte ... Kind ...«

»Ich bin nicht dein Kind. Wir gehören noch immer zusammen, aber wir gehören zugleich einem anderen.«

»Wo ist er?«

»Im Wald. Er hat dich längst gesehen, aber er hat mir sein Vertrauen geschenkt, und ich habe es nicht enttäuscht, Großmutter. Wir sind zu einer eigenen kleinen Familie geworden, stell dir das einmal vor. Ich weiß auch, dass die Familie noch größer werden wird. Immer wenn der Vollmond am Himmel steht, werden wir auf die Jagd gehen und unsere Familie vergrößern.«

»Nein, ich will das nicht.«

»Du kannst dich nicht dagegen wehren, Großmutter, der Trank ist einfach zu stark. Auch ich spüre ihn in mir, und ich merke, wie er immer weiter arbeitet. Ich bin noch längst nicht fertig, sondern erst im Entstehen oder Werden. Aber es wird nicht mehr lange dauern, dann werde ich perfekt sein. Ganz perfekt. Auf der einen Seite ein Mensch, auf der anderen eine Wölfin.«

Die Erklärung hatte Marlene King getroffen wie eine Anklage. Sie wünschte sich, einen Traum zu erleben, doch es war keiner. Vor ihr stand tatsächlich ihre Enkelin, die ihr diese Worte gesagt hatte. Damit hatte sie noch nicht das Ende erreicht, denn sie tat etwas, um der Großmutter zu zeigen, was mit ihr bereits geschehen war.

Bisher hatten die Ärmel des dünnen Pullovers die Arme verdeckt. Das wollte Lucy ändern, und sie fing sofort damit an, indem sie den linken Ärmel in die Höhe schob, damit sie den Arm freilegen konnte.

Sie tat es langsam. Es wirkte wie einstudiert. Durch das Blätterdach der Hütte verirrte sich ein wenig Licht und tupfte auch auf die beiden Menschen nieder.

Mit einem letzten Ruck zog das Mädchen den Ärmel bis zur Schulter hin hoch, und Marlene konnte erkennen, was mit ihrer Enkelin geschehen war.

Schon einmal hatte sie die zahlreichen Haare gesehen. Die waren nicht verschwunden, aber es gab sie jetzt in einer wesentlich größeren Menge, denn sie wuchsen bis zum Schulteransatz wie ein dichter dunkler Pelz. Es war das erste Fell des Werwolfs, und damit musste Marlene erst mal fertig werden.

»Schau genau hin, Großmutter. So wie dieser Arm sieht auch der andere aus. Und es wird nicht nur bei ihnen bleiben. An den Armen fängt es nur an. Wenn die Dunkelheit über das Land fällt und der Vollmond am Himmel steht, dann geht es weiter, das kann ich dir versprechen. Dann ist meine Nacht angebrochen, dann nämlich trete ich in den Kreis der Wölfe ein.«

Marlene wollte es nicht glauben. Sie konnte es nicht glauben. Doch die Tatsachen sprachen dagegen. Als Lucy noch ihren zweiten Ärmel in die Höhe streifte, bekam sie den letzten Beweis.

»Und es geht weiter«, flüsterte das Mädchen. »Ich freue mich darauf. Ich werde den neuen Zustand erreichen, und ich werde besser sein als jeder Mensch.«

»Bitte, das ist ... das ... das sagst du doch nur so – oder?«

»Nein, es stimmt. Du hast mir immer gesagt, dass ich nicht lügen soll. Daran habe ich mich gehalten...«

Marlene begriff nichts mehr. Ihr brannten noch zahlreiche Fragen auf der Seele, nur fand sie einfach nicht mehr die Kraft, sie auch zu stellen. Es glich schon einem kleinen Wunder, dass sie sich noch auf den Beinen halten konnte.

Auch das verging.

Plötzlich gaben ihre Knie nach, und sie rutschte an der Innenwand des Hauses entlang nach unten.

Auch die Hände an den gespreizten Armen konnten den Fall nicht mehr aufhalten. Schließlich glitten die Beine noch nach vorn weg, und sie landete hart auf ihrem Hinterteil, wobei sie den Druck bis hinein ins Steißbein spürte.

Von oben her schaute die Enkelin auf sie herab. Sie blickte einige Male und lächelte dabei. »Ich weiß nicht, ob es schon in der folgenden Nacht zur großen Verwandlung kommen wird. Es kann möglich sein. Freu dich schon darauf...« Sie lächelte noch breiter und ging zur Tür. Von dort winkte sie ihrer Großmutter zu. »Ich gehe noch etwas in den Wald. Wenn ich wiederkomme, wirst du bestimmt anders aussehen...«

Marlene King war gar nicht in der Lage, ihre Enkelin aufzuhalten. Ihr schoss nur der letzte Satz durch den Kopf, denn da hatte Lucy davon gesprochen, dass sie anders aussehen würde.

Wie anders?

Wie eine Wölfin!

Es war so schrecklich. Bisher hatte sie es sich nicht mal vorstellen können, nun aber kam alles ganz anders. Und es fuhr auf sie nieder mit der Wucht von harten Schmiedehämmern.

Sie fühlte sich innerlich völlig leer und ausgebrannt.

Sie war kaum in der Lage, sich zu erheben. In ihrem Körper steckte eine Müdigkeit, die sie schon an eine Lethargie erinnerte.

Wie würde sie aussehen, wenn erst einmal das Licht des Mondes in den Wald sickerte? Bisher hatte sie den Vollmond immer recht neutral behandelt. Sie mochte ihn nicht, aber sie lehnte ihn auch nicht ab. Der Vollmond hatte in den letzten Jahren dafür gesorgt, dass sie bei seinem Schein nicht so gut schlief und von Träumen geplagt wurde. Nie hätte sie daran gedacht, dass er auf eine derartige Weise mal in ihr Leben eingreifen würde. Das war einfach schrecklich für sie.

Marlene zuckte zusammen, als sie plötzlich das Heulen hörte. Es war der Schrei eines Tieres, doch er gehörte nicht in den Wald hinein. Er war einfach zu furchtbar und schrecklich. Er konnte nicht von einem Tier stammen, sondern höchstens von einer Bestie. Oder von einem Wesen, das ein Mittelding zwischen Mensch und Tier bildete. So etwas war natürlich möglich.

Sie hielt den Atem an. Auf ihrer Haut bildete sich wieder ein Schauer. Besonders deutlich spürte sie ihn im Gesicht, und sie lauschte dem Schrei abermals nach.

Nein, das war nicht nur ein Tier. Dazwischen vernahm sie noch einen anderen Klang, und der konnte einfach nur von einem Menschen stammen. Es hatte die Stimme einer Frau geschrien oder auch eines Mädchens, und dafür kannte sie nur eine Lösung. Es war Lucy gewesen. Ihre Lucy, ihre Enkelin, der sie trotz allem noch so zugetan war und für die sie betete.

Zwei Mal hörte sie das Heulen. Beim zweiten Mal allerdings wesentlich schwächer, und dann sackte der Laut einfach weg, als hätte ihn der Boden verschluckt.

Noch immer saß sie an der gleichen Stelle. Marlene merkte, wie auch der letzte innere Widerstand allmählich brach. Sie war und blieb die Gefangene in einer Umgebung, die mehr aus Düsternis bestand als aus Helligkeit. Wenn sie den Kopf bewegte und ihren Blick in die Höhe richtete, dann sah sie das primitive Dach wie einen Flickenteppich über sich, durch dessen Löcher nur wenig Licht drang. Auch glaubte sie, dass das Licht bereits schwächer geworden war. Es besaß nicht mehr die Helligkeit des Mittags. Und wie das Licht allmählich verging, so zerstreute sich auch ihre Hoffnung, lebend aus dieser Hütte wegzukommen.

Marlene konnte nicht mal weinen. In ihrem Innern befand sich eine Sperre, die allein von der Angst aufgebaut worden war. Sie saß lethargisch auf dem Boden, und ebenso war auch ihr Blick.

Bis sie plötzlich leise aufschrie!

Durch die Arme waren die beiden Feuerstrahlen gelaufen und erreichten sogar die Spitzen der Finger. In ihrer steifen Haltung krümmte sich Marlene noch zusammen. Sie fühlte sich wie gefoltert, und für den Moment konnte sie die Arme nicht bewegen. Das geschah erst wieder, als das Brennen nachgelassen hatte, nur war es leider nicht völlig aus ihren Armen verschwunden. Es blieb bestehen, und es machte sie schwer, wie auch die Hände.

Tun konnte sie nichts mehr. Unter großen Mühen hob Marlene die Arme an und legte ihre Hände so weit auf die Oberschenkel, dass sie sie genau beobachten konnte. Dazu reichte das Licht glücklicherweise noch aus, und was sie zu sehen bekam, erfreute sie nicht.

Ihre Hände veränderten sich nicht, die Form behielten sie bei, aber es war die Haut, die eine Veränderung durchlebte, denn sie dunkelte allmählich ein.

Ihre Augen zeigten einen entsetzten Ausdruck. Sie wurde Zeugin ihrer eigenen Veränderung und bemerkte, wie die Dunkelheit auf ihren Händen immer weiter von den Fingerspitzen an in die Höhe kroch. Es war einfach teuflisch, es war grauenvoll, und auch das verdammte Brennen blieb bestehen.

Knapp, heftig und stoßweise drang der Atem aus ihrem offenen Mund. Der Schweiß war ebenfalls nicht aufzuhalten. Sie verfluchte den verdammten Trank und stand auch nahe davor, ihre Enkelin zu verfluchen. Der dunkle Schleier auf der Haut wanderte weiter und näherte sich allmählich ihren Oberarmen. Sie sah es nicht, weil die Ärmel des Mantels ihr den Blick nahmen, aber sie spürte die Wirkung sehr deutlich. Der Weg war sehr einfach zu verfolgen, und schließlich war das Ende der Arme erreicht. Marlene musste noch bange Sekunden überstehen, weil sie damit rechnete, dass auch die Schultern, der Hals und der Kopf in Mitleidenschaft gezogen wurden, doch das trat zum Glück nicht ein.

Es blieb bei dieser Teilverwandlung. Selbst das Brennen trat allmählich in den Hintergrund und schwächte sich so weit ab, dass es auch ertragbar war.

Es durchströmte sie kein Gefühl des Glücks, aber sie war in diesen Augenblicken froh darüber, dass sie noch lebte und sich auch bewegen konnte.

Sie hob die Arme an, um die Hände aus der Nähe zu sehen. Dass sie dunkler geworden waren, hatte sie längst erkannt, nun wollte sie es genauer wissen.

Sie schaute sich die Haut an. Zwinkerte mit den Augen, weil sie die Feuchtigkeit darin am klaren Blick hinderte. Dann tat sie etwas, was sie einfach tun musste, auch wenn es ihr nicht passte. Sie spitzte die Lippen und blies gegen ihre Handrücken.

Der Erfolg trat ein, und er war schlimm, denn Marlene erkannte, dass sich auf der Haut etwas bewegte. Es war genau das, was sich dort neu gebildet hatte.

In der vergangenen Nacht hatte sie das gleiche Phänomen gesehen. Nur nicht bei sich, sondern bei ihrer Enkelin.

Es hatten sich Haare gebildet. Unzählige kleine Härchen, die so dicht beisammen standen, dass sie sogar einen Pelz bildeten. Es war tatsächlich die erste Stufe zum Dasein des Werwolfs. Die weiteren würden folgen, sodass sie letztendlich, wenn der Vollmond am Himmel stand, ihr Menschsein endgültig verlor und somit zur Bestie wurde. Sie und ihre Enkelin.

Die Vorstellung war schrecklich für Marlene. Die Angst vor dem Unabänderlichen hockte wie ein großer Druck in ihrem Nacken. Ihr Puls raste. So musste sich jemand fühlen, der dicht vor dem Infarkt steht. Der verdammte Trank arbeitete in ihrem Körper. Er hatte schon so vieles verändert, nicht nur äußerlich, auch im Innern. Immer wieder wurde sie von Hitzewellen erwischt, die wie ein Brand bis hoch in ihren Kopf glitten.

Marlenes Haut begann zu jucken. Und das nicht nur an den Händen. Diesmal überzog es den gesamten Körper. Für sie stand fest, dass sich die Veränderung bereits ausbreitete. Es würden Haare aus den Poren wachsen. Das Jucken und Ziehen wanderte. Es erreichte ihre Schulter, auch den Nacken und erfasste ebenfalls den Rücken.

Marlene wusste, dass sie keine Chance hatte, dem Schrecklichen zu entwischen. Nur wehrte sie sich, es hier zu erleben, hier im Wald, hier in der primitiven Hütte und in dieser menschenunwürdigen Umgebung, wie sie es sah.

Sie wollte weg. Durch den Wald laufen. Nach draußen fliehen. Hinein ins Sonnenlicht, wo es auch Hoffnung gab. Der Wald war ihr zu unheimlich und zu finster.

Dann wurde sie von einem Geräusch abgelenkt. Es war vor der Hütte aufgeklungen, aber auch in deren unmittelbarer Nähe.

Es war nicht Lucy, das wusste sie genau, ohne ihre Enkelin gesehen zu haben. Die Schritte der anderen Person wirkten schwerer. Sie bahnten sich regelrecht einen Weg, und für Marlene gab es nur eine Lösung. Der Wolf befand sich auf dem Weg zu ihr.

Sie hielt den Atem an.

Noch hatte sie Zeit, aber die Sekunden vergingen einfach zu schnell. Der andere näherte sich seinem Ziel mit der Präzision eines Uhrwerks. Sie bekam mit, wie die Zweige in der Nähe des Eingangs brachen. Auch das Rascheln von Laub war zu hören.

Jemand zerrte die Tür weiter auf. Dabei schien der Ankömmling wütend zu werden, denn ein Knurren erreichte ihre Ohren. Vermischt mit einem scharfen Atmen.

Es war die Bestie. Das wusste sie jetzt überdeutlich. Und sie ließ nicht lange auf sich warten. Sie duckte sich noch, dann schob sie sich in die Hütte.

Es war düster und schattig im Innern, aber es war nicht zu finster, sodass Marlene den Eindringling recht deutlich erkennen konnte. Was sie dann sah, hätte sie sich auch nicht in ihren kühnsten Träumen vorgestellt. Der Eindringling war nicht nur Wolf und nicht nur Mensch . . .

Er war beides!

Das Heulen hatte uns alarmiert. Aber es blieb nicht bei diesem einen Mal. Wir vernahmen noch ein zweites Heulen, das wie der Klang einer Sirene durch den Wald echote und allmählich verklang.

Suko und ich schauten uns an. Wir waren noch nicht sehr tief in das fremde Gebiet eingedrungen und standen mehr am Rand. Trotzdem war das Geräusch deutlich zu hören gewesen. Hier musste ein besonderes Echo herrschen. Allerdings hatten wir nicht feststellen können, aus welcher Richtung uns das Geräusch erreicht hatte.

Suko blickte mich an, ich ihn, und er sprach aus, was ich ebenfalls dachte.

»War das ein Werwolf, John?«

»Was sonst?«

Er zuckte mit den Schultern. »Ich habe keine Ahnung. Aber denke daran, dass wir mit den Bestien unsere Erfahrungen gesammelt haben.« Er schaute in die Runde. »So wie das direkte Heulen eines Werwolfs hat es mir nicht geklungen.«

»Wie dann?«

»Eher wie eine Mischung aus menschlichem Schrei und dem Heulen der Bestie.«

Mit dieser Antwort konnte ich nicht viel anfangen, aber ich hätte auch keine andere geben können, denn dieser Laut war einfach nicht so typisch gewesen.

Suko kam noch mal auf ihn zurück. »Dieser Schrei hat mir in seiner menschlichen Komponente ziemlich hoch oder schrill geklungen, als wäre er von einer Frau abgegeben worden.«

»Marlene King?«

»Oder ihre Enkelin.«

Da konnte Suko durchaus richtig liegen. Das Haus war leer gewesen. Es hatte sich niemand gemeldet.

Hinzu kamen die Aussagen des Kollegen Fenton. Es war durchaus möglich, dass es die ältere Frau nicht mehr in ihrem Haus ausgehalten hatte und in den Wald gelaufen war, um nach der Enkelin zu suchen. Dass es sie dann erwischt hatte, damit mussten wir auch rechnen.

Wir warteten darauf, dass sich das Heulen wiederholte. Da hatten wir leider Pech. Und so konnten wir auch nicht die Richtung feststellen und mussten uns auf unser Glück verlassen. In diesem Wald gab es ein Zentrum, in dem alles seinen Beginn gehabt hatte, und genau das mussten wir finden.

Ich dachte wieder daran, dass Cedric Mortons Körper keine Bisswunden gezeigt hatte. Er war auf eine andere Art und Weise zum Werwolf geworden. Sollte es wirklich das Mittel geben, um es zu schaffen, dann musste es zerstört werden.

Wir drangen tiefer in den Wald ein, und ich dachte daran, dass ich diese »Waldspaziergänge« schon öfter hinter mich gebracht hatte. Ich kannte schlimme und düstere Wälder, in denen das Grauen zu Hause war. Ich hatte auch schon Gebiete erlebt, die von dem Umwelt-Dämon Mandragoro beherrscht wurden, nur glaubte ich nicht, dass wir ihm hier begegnen würden.

Natürlich hielten wir unsere Augen auf. Wir waren nicht allein in diesem Gebiet, das stand fest, und irgendwann mussten wir doch die andere Person sehen.

Sie zeigte sich nicht, und so drangen wir tiefer in das schattige und nur durch wenig Licht gesprenkelte Gelände ein. Aus dem Boden wachsende Baumwurzeln konnten sehr leicht zu Stolperfallen werden. Oft mussten wir uns ducken und Hindernisse umgehen.

Suko, der die Führung nicht abgegeben hatte, änderte ein wenig die Richtung. Es gab eine Stelle im Wald, die noch dunkler war und mich schon an einen Urwald erinnerte. Wenn sich jemand versteckt hielt, dann fand er dort einen idealen Platz.

Es hatte keinen Sinn, nach Fußspuren zu suchen. Sie hätten sich auf dem oft weichen Boden sicherlich abgezeichnet, aber es war einfach zu dunkel, als dass sie uns aufgefallen wären.

Eine natürliche Grenze erreichten wir ebenfalls. Die Stürme der letzten Jahre hatten auch hier ihre Spuren hinterlassen. Sie waren in den Wald gefegt wie eine gewaltige Faust. Sie hatten Bäume getroffen und diese geknickt, als hätten diese alten Riesen überhaupt kein Gewicht.

Suko blieb stehen. Er wartete, bis ich ihn erreicht hatte. Dann deutete er über die Bäume hinweg. »Ich denke schon, dass wir dahinter das finden, was wir suchen.«

»Ja, die Gegend sieht recht gut aus.«

»Sie ist sogar ideal.«

Für uns nicht, denn durch das wenige Licht und die Düsternis verschwammen die Umrisse und sahen so aus, als würden sie in einem grünlichen Meer schwimmen.

Unsere Augen mussten sich erst darauf einstellen. Dann sahen wir, dass es trotz allem weiterging, wenn wir die Baumstämme überklettert hatten.

Suko wollte schon auf den Stamm steigen, um ihn zu überklettern, weil er auch eine Lücke gesehen hatte, als ich nach ihm griff und ihn festhielt.

»Runter!«, zischte ich.

Suko kam meiner Aufforderung sofort nach, und auch ich duckte mich blitzschnell.

Wir hockten in guter Deckung, schauten uns an, und Suko brauchte die Frage nicht erst zu stellen, denn ich sagte: »Ich glaube, ich habe sie gesehen.«

»Wen?«

»Das Mädchen!«

Suko schaute mich für einen Moment starr an. »Bist du dir sicher?«

»Ja.«

»Wohin ging sie?«

»In unsere Richtung.«

»Okay.«

Wir brauchten nichts weiter zu reden. Ein eingespieltes Team wie wir beide hatte dies nicht nötig. Wir konnten auch nichts verändern, und deshalb blieben wir zunächst hocken und warteten darauf, dass uns etwas zu Ohren kam.

Wer durch einen Wald normal geht, der verursacht Geräusche. Auch eine Lucy King konnte nicht fliegen, und jetzt wünschten wir uns sogar das Heulen herbei, das die Stille unterbrach. Noch hörten wir nur das Summen der Mücken, die sich unter dem dichten Blätterdach der Bäume sehr wohl fühlten.

Es dauerte nicht mal lange, als die Stille jenseits der Bäume unterbrochen wurde. Nicht von einem langgezogenen Heulen, sondern von schnellen, heftigen und keuchenden Atemstößen, die sich anhörten wie das Zischen einer Lok.

Das war sie!

Ich hielt den Atem ebenso an wie mein Freund.

Die Person kam näher. Aber wir hörten auch, dass sie sich sehr vorsichtig bewegte, als hätte sie uns gehört oder gewittert. Suko hielt es nicht mehr länger aus. Sein Platz war recht günstig. Er schob sich in die Höhe, doch nur so weit, bis er über den Stamm und durch eine kleine Astgabel schauen konnte, um den Blick auf die andere Seite zu richten.

Ich schaute ihn von der Seite her an, weil ich an seinem Gesichtsausdruck erkennen wollte, ob er etwas gesehen hatte. Er blieb neutral, auch dann, als sich mein Freund wieder zurückgezogen hatte. Er saß kaum geduckt neben mir, als er nickte.

»Wer?«, hauchte ich.

Die Antwort las ich von seinen Lippen ab. Es war Lucy. Irgendwie stimmte mich das zufrieden. Wir konnten uns auch den Schrei erklären, der auch so menschlich hell geklungen hatte. Das musste Lucy gewesen sein. Sie war so nahe herangekommen, dass wir sie hörten. Konnte es sein, dass sie mit sich selbst sprach?

Ja, da wehte schon ein Flüstern über den dicken Baumstamm hinweg. Aber es war uns unmöglich, auch nur ein Wort davon zu verstehen. Ich rechnete auch damit, dass uns Lucy witterte, denn Werwölfe waren darauf programmiert, Menschen so rasch wie möglich zu finden, um dann brutal zuzuschlagen.

Sekunden später war es vorbei!

Keine Geräusche mehr. Kein Atem oder Keuchen. Die Stille des Waldes sackte wieder über uns.

Suko hatte sich vorhin erhoben, jetzt wollte ich schauen, wie weit das Mädchen schon gekommen war. Geräuschlos konnte ich mich nicht aufrichten, ein Schaben der Kleidung war immer zu hören, doch das Risiko musste ich eingehen.

Ich schob mich so weit in die Höhe, um über die obere Seite des Stammes peilen zu können.

Da sah ich sie.

Und ich hatte Glück.

Lucy hatte sich zur Seite gedreht, so dass ich schräg

gegen ihren Rücken und ihr Profil schauen konnte. Sie stand irgendwie verloren auf der Stelle. Ich kannte das Märchen Sterntaler. Da war auch ein Kind in den Wald gegangen, weil es nicht mehr ein noch aus wusste. Ein gütiges Schicksal war ihm zu Hilfe gekommen und hatte aus den Sternen pures Gold auf die Erde regnen lassen.

Die Haare des jungen Mädchens waren blond und lockig. Ein hübscher Teenager, der zum Glück noch nicht völlig in den Zustand der Verwandlung hineingeraten war, aber schon geheult hatte wie ein Wolf.

Ich war noch mit meinen Gedanken beschäftigt, als durch den Körper des Mädchens ein Ruck ging. Ohne weitere Vorwarnung drehte es sich um.

Es sah mich.

Ich sah Lucy, und einer von uns beiden musste jetzt handeln.

Die Person war ich!

Bevor Lucy die Flucht ergreifen konnte, war ich auf den dicken Baumstamm geklettert und stieß mich ab ...

Der Sprung würde nicht lange dauern, nur kam er mir etwas länger vor als gewöhnlich. Lucy sah mich, und ihr Gesicht zeigte plötzlich das Erschrecken. Sie brauchte eine Sekunde, um alles begreifen zu können, dann drehte sie sich um und wollte flüchten.

Ich sprang sie an.

Zwar landete ich auf dem weichen Waldboden, aber die Wucht des Sprunges trieb mich nach vorn, sodass ich gegen den Rücken des Mädchens prallte.

Den Stoß konnte Lucy nicht ausgleichen. Ich hörte sie noch erschreckt schreien, dann geriet sie ins Taumeln, stolperte über die eigenen Beine und fiel nach vorn.

Sie stürzte dorthin, wo das Gras hoch wuchs und der Boden weich war. Zudem landete sie noch in einem Wirrwarr von alten Zweigen, die sich unter ihrem Gewicht bogen wie Gummi.

Sie hatte den ersten Schreck rasch überwunden und wollte auf allen Vieren wegkrabbeln, doch dagegen hatte ich etwas. Ich ließ sie noch halb hochkommen, dann griff ich mit beiden Händen in die Kleidung an ihrem Rücken und schleuderte sie herum.

Lucy gab sich nicht geschlagen. Sie fauchte mich an, und das war kein menschlicher Laut. Sie bewegte ihren Kopf heftig vor und zurück. Sie trat nach mir, erwischte die Schienbeine aber nicht voll und streifte mich nur, aber auch das reichte mir aus. Dabei versuchte sie auch, sich loszureißen. Sie zerrte, sie trampelte, sie stemmte sich ab, aber sie rutschte auch immer wieder aus.

Dann war Suko bei mir und ihr. Er packte sie von hinten und presste ihre Arme seitlich gegen den Körper. Gegen diesen Griff kam Lucy nicht an.

Bei dieser Umarmung musste sie sich fühlen wie ein Mensch, der in einer Zwangsjacke steckt. Ich atmete kurz durch, trat einen Schritt zurück und fragte dann: »Lucy King?«

Ihr Gesicht zuckte, dann spie sie wütend aus. Fast hätte sie mich getroffen. Ich schüttelte nur den Kopf.

»Du solltest dich zusammenreißen, Lucy. Gewisse Dinge lassen sich eben nicht ändern.«

Sie gab mir keine Antwort und schaute mich nur böse an. Jetzt sah ich, dass sie tatsächlich nicht nur Mensch war, sondern auch noch etwas anderes in ihr steckte.

Es waren ihre Augen!

Im herrschenden Zwielicht waren sie besonders gut zu erkennen. Das waren nicht die Augen eines Menschen, denn darin leuchtete ein kaltes Licht. Es war so stark, dass es bereits die Pupillen verdeckte, die ich nur bei genauem Hinsehen sah.

Suko hatte das Mädchen gut im Griff. Es wehrte sich auch nicht mehr, und ich wollte Lucy einem weiteren Test unterziehen. Deshalb trat ich wieder dichter an sie heran und schob die Ärmel ihres Pullovers so weit in die Höhe, wie es möglich war. Im Gesicht hatte ich nichts von der Veränderung gesehen. Da war die Haut noch glatt gewesen, aber das musste nicht überall am Körper so sein.

Als ich die Ärmel hochschob, da drehte sie ihren Kopf zur Seite und stieß einen Fluch aus. Ich aber schaute mir die Arme sehr genau an.

Ja! Auch wenn das Licht noch so schlecht war, hier wurde mir die Veränderung deutlich vor Augen geführt. Es war nicht mehr die helle Haut des Gesichts zu sehen, denn beide Arme hatten einen Schatten bekommen.

Ich musste noch näher heran, um alles genau zu beurteilen. Lucy wollte es nicht. Sie wehrte sich dagegen und versuchte, sich aus dem Griff zu winden.

Da war sie bei Suko gerade an der richtigen Stelle. Er deutete mir durch ein Nicken an, mit der Untersuchung fortzufahren und verstärkte seine Klammer noch.

Die Arme lagen vor mir. Ich brauchte nur die Hände auszustrecken, um sie zu berühren. Mit den Fingern glitt ich über die Haut hinweg. Schon bei der ersten Berührung wusste ich Bescheid. Das war kein Schatten, auf der normalen Haut zeichneten sich sehr weiche Haare ab, und die waren aus den Poren gedrungen. Sie standen so dicht beieinander, dass sie schon ein Fell bildeten.

»Was hast du gefühlt?«, fragte Suko.

»Sie ist im Werden.«

»Schon eine Werwölfin?«

»Ich weiß es nicht«, erwiderte ich. »Wenn ich sie mir so anschaue, denke ich, dass sie noch Glück gehabt hat. Ich weiß nur nicht, was in der folgenden Nacht mit ihr geschehen wird.« Nach diesen Worten kümmerte ich mich um das Gesicht der jungen Lucy. Auch über die Wangen fuhr ich mit den Fingerkuppen, was ihr nicht passte, denn sie schlug den Kopf dabei von links nach rechts, wie jemand, der sich vor der Berührung eines Fremden ekelt.

»Nein, hier ist noch nichts.«

»Sehr gut.«

»Ich sehe auch keine Bissstellen. Es ist wie bei Cedric Morton. Jemand hat eben eine neue Methode erfunden.«

Plötzlich konnte sie reden. Es brach regelrecht aus ihr hervor, als hätte sich dort lange etwas angestaut. »Ich gehöre nicht mehr zu euch, verdammt. Ich bin jetzt eine andere. Ich bin kein Mensch mehr. Ich werde bald auf der anderen Seite stehen und bei ihm bleiben.«

»Bei ihm?«, fragte ich. »Wer ist er denn?«

»Gordon!«

Der Name war mir neu. Ich schüttelte den Kopf. »Darf ich fragen, wer Gordon ist?«

»Mein neuer Freund.«

»Der Werwolf also?«

»Ja, ja, der Werwolf. Ich mag ihn, ich liebe ihn. Er gehört zu mir. Er ist mein Freund, er ist mein Vater. Er ist auch mein Beschützer, versteht ihr..?«

»Hat er dich zu dem gemacht, was du jetzt bist?«

»Ja, das hat er.«

»Und wie hat er das geschafft? Werwölfe beißen zu. Erst dann dringt das Gift in den Körper der Menschen ein. Aber ich sehe an dir keine Spuren.«

»Er braucht nicht zu beißen!«, flüsterte mir Lucy zu. »Er hat etwas anderes. Es ist der Wolfstrank. Ein wunderbares Getränk. Es ist einfach herrlich. Ich habe es genossen, und ich werde es beim Aufgang des Mondes auch noch genießen.«

»Das glaube ich dir«, sagte ich in einem leicht lobenden Tonfall, damit sie weitersprach. »Was geschieht in der kommenden Nacht?«

Diesmal antwortete sie nicht sofort. Ihre Augen erhielten einen noch stärkeren Glanz. »Ich werde bald sein wie er. Mensch und Wolf zugleich. Ich werde den Wolfstrank im Schein des Mondes zu mir nehmen. Er besitzt ihn. Er ist damit so mächtig, wie ein Mensch es niemals werden kann. Hast du verstanden?«

»Klar, das habe ich. Ich habe es sogar sehr genau verstanden, und ich weiß sicherlich auch, dass du nicht die Einzige bist, die von dem Trank gekostet hat.«

»Wen meinst du?«

»Deine Großmutter, Lucy.«

Das Mädchen begann zu kichern. Jetzt erinnerte sie wirklich an einen normalen Teenager. »Meine Großmutter!«, sagte sie noch immer kichernd. »Die alte Närrin. Sie hat geglaubt, mir etwas Gutes tun zu müssen, aber sie hat es nicht geschafft. Sie hat mich ebenso gesucht wir ihr mich auch. Sie hat sogar die Hütte gefunden, aber Gordon war besser. Er hatte mir den Trank überlassen, und meine Großmutter hat von ihm getrunken. Sie hätte alles getan, um mich zu retten. Dabei bin ich längst gerettet, das hat sie nur nicht begriffen.«

»Man kann es auch anders sehen«, sagte ich. »Du hast von Gordon gesprochen. Von deinem Freund. Wo versteckt er sich denn? Hier in der Nähe? Im Wald …?«

»Überall, überall!«, sprach sie in meine Frage hinein. »Der Wald gehört ihm. Es ist seine Heimat. Hier lebt er sich aus, und hier wird er seine Freunde finden.«

»Woher kennst du ihn?«

Sie deutete ein Zucken der Schultern an. »Er war ein Suchender. Immer unterwegs. Er kannte die Natur, und er kannte noch mehr. Er hatte Kontakt mit anderen Welten. Er hat auch das Blut der Wölfe bekommen. Er hat Kräuter gesucht und daraus einen Trank gebraut. In ihm wurde auch das Licht des Vollmonds eingefangen. Wenn ein Mensch den Trank zu sich nimmt, wird er für immer zu einem anderen.«

Das also war des Rätsels Lösung. Der Wolfstrank. Deshalb gab es keine Bissstellen an den Körpern.

»Wo müssen wir deine Großmutter suchen? Befindet sie sich noch in der Hütte?«

»Ja.«

»Und Gordon?«

»Er ist da und weg …«

Mit dieser Antwort konnten wir nicht viel anfangen, aber ich ging davon aus, dass er sich bei Tageslicht in den dunkelsten Stellen des Waldes verborgen hielt und darauf wartete, dass die Nacht hereinbrach.

Ich warf Suko einen fragenden Blick zu. Zu sagen brauchte ich nichts. Mein Partner nickte nur. Er war mit allem einverstanden, was uns zum Ziel führen würde.

»Dann werden wir uns die Hütte mal näher anschauen, Lucy. Außerdem möchte ich deine Großmutter kennen lernen.«

»Sie ist wie ich!«

»Das werden wir sehen!«

Lucy wollte sich wieder losreißen, aber Suko hatte aufgepasst und war schneller. Plötzlich hielt er sie im Polizeigriff und bog ihren Arm hoch.

»Beweg dich lieber nicht, Kleine.«

Sie stöhnte auf und beugte sich nach vorn über. Die Hände waren für die Handschelle bestimmt, die Suko ihr mit einer routinierten Bewegung anlegte.

Sekundenlang bewegte sie sich nicht und stand wie angewurzelt auf dem Fleck. Wahrscheinlich musste sie erst begreifen, was mit ihr passiert war.

Dann schrie sie auf. Sie drehte sich um, sie wollte weglaufen, doch Suko war schneller und zerrte sie an der Schulter so hart zurück, dass sie in seine Arme fiel.

Dort tobte sie weiter, auch wenn sie durch die Fessel stark beeinträchtigt war. Ihr Kopf war rot angelaufen, und bei genauerem Hinschauen sahen wir jetzt auch die feinen Haare aus den Poren in ihrem Gesicht sprießen.

»Das Kreuz?«, fragte Suko.

Es war eine Möglichkeit. Vampire und Werwölfe reagierten allergisch darauf. Ich wollte sie jedoch nicht verletzen oder vielleicht sogar töten.

Bisher hatte der Trank seine volle Kraft noch nicht entfalten können. Wäre das der Fall gewesen, hätte Lucy King ganz anders ausgesehen. Sie beruhigte sich nur langsam. Es konnte auch sein, dass sie allmählich die Erschöpfung überkam.

Trotz der Fessel hatte sie ihre Hände heftig bewegt, aber die Ringe nicht sprengen können. Sie ging so weit zur Seite, wie Suko es zuließ, und starrte uns dann an.

»Du hast keine Chance«, sagte ich. »Erst recht keine, wenn du gegen uns arbeitest.«

»Was wollt ihr noch?«

»Alles. Besonders Gordon. Und wir wollen sehen, wie weit du schon involviert bist.«

Was ich damit meinte, erfuhr sie in den nächsten Sekunden. Ich holte mein Kreuz hervor. Ich wollte Lucy nicht vernichten, aber ich musste den Test durchziehen.

Sie erblickte meinen silbernen Talismann und sah plötzlich aus, als wollte sie vom Boden abheben. Allerdings erstarrte sie noch im Ansatz der Bewegung, denn der Anblick bannte sie.

Ich schaute sie direkt an. Suko stand hinter ihr. Er hielt sie trotz der Handschellen fest. Seine Hände lagen wie beruhigend auf ihren Schultern.

Etwas war seltsam und freute mich zugleich. Das Kreuz gab keine Wärme ab. Es wäre bei einem normalen Dämon oder bei einem Werwolf, wie wir ihn kannten, anders gewesen, zum Glück nicht bei diesem Mädchen. Dennoch war ihr der Anblick nicht geheuer. Zu viel von der anderen Kraft steckte bereits in ihr. Sie hatte ihr Gesicht verzogen. Sie hatte auch eine abwehrende Haltung eingenommen, und ihr heftiges Atmen wehte mir entgegen.

Der Blick flackerte. Aus dem Mund drang ein leiser, heulender Laut. Schon mehr ein Wehklagen, und sie flüsterte: »Weg damit! Nimm es weg!«

»Nein. Warum?«

»Es schmerzt!«

»Wie schmerzt es?«

Sie sank nach vorn. Mit dem Kopf zuerst. Hätte Suko sie nicht gehalten, dann wäre sie zu Boden gefallen. So aber schaute sie nur auf den Boden und wiegte sich dabei von einer Seite zur anderen. Ich hatte in diesem Augenblick den Eindruck, Lucy retten zu können.

Dieser Fall wurde von einer familiären Tragik überschattet. Ich wollte es auf keinen Fall so weit kommen lassen wie bei Cedric Morton, und ich glaubte auch nicht daran, dass mein Kreuz sie töten würde.

»Halt sie gut fest, Suko.«

»Okay.«

Ich trat an ihre linke Seite und schob den Ärmel dort in die Höhe. Wieder lag der nackte Arm vor mir. Lucy wehrte sich nicht. Die Nähe des Kreuzes hatte sie regelrecht erstarren lassen, was mir natürlich entgegenkam.

Der wichtigste Augenblick lag noch vor mir. Was würde geschehen, wenn Lucy in direkten Kontakt mit dem Kreuz geriet? Zwei Atemzüge später sah ich es mit den eigenen Augen.

Ich drückte das Kreuz in Höhe des Ellbogens gegen den Arm. Ein Zittern rann hindurch. Lucy jammerte, sie wollte sich zu Boden werfen, aber wieder war Suko schneller. Er riss sie hoch, und ich sah, wie der feine Pelz auf dem Arm verging. Er brannte weg, ohne dass ein Feuer entstand. Die feinen Haare nahmen einen aschigen Farbton an und fielen ab wie Puder.

Sicherlich erlitt Lucy dabei Schmerzen, aber sie waren nichts im Vergleich zu dem, was ihr noch bevorgestanden hätte. Und so nahm ich mir auch den rechten Arm vor. Wieder schob ich den Ärmel so weit wie möglich hoch, und abermals konnten Suko und ich sehen, wie das Fell als Staub zu Boden rieselte.

»Tolle Idee«, flüsterte mein Freund.

»Danke. Aber es ist noch nicht beendet.« Ich stellte mich jetzt vor das Mädchen hin, legte die freie Hand unter sein Kinn und hob den Kopf an.

Diesmal wehrte sie sich nicht.

Ich blickte in ihr Gesicht. Es hatte den größten Teil seiner Härte verloren. Die Muskeln waren entspannt.

Der Mund besaß eine wunderbare Weichheit, und nur die Augen passten nicht dazu und eben das feine Fell, dessen Haarspitzen sich leicht im Wind des Waldes bewegten.

»Noch ein Mal«, flüsterte ich Lucy zu, bevor ich das Kreuz ansetzte und von der Stirn aus bis zum Kinn herabfuhr, um auch die letzten Reste zu vertreiben.

Es war wie bei den Armen!

Der verdammte Pelz löste sich auf. Von der Stirn und vom Ansatz der Haare rieselte der graue Staub an den Augen vorbei, passierte die Nase, den Mund, das Kinn und wehte dann wie eine Fahne nach unten, wo er sich auf dem Boden verteilte.

Ich strich noch mit meinen Fingern über das Gesicht, weil ich auch die letzten Reste abwischen wollte.

Ja, ich hatte gewonnen. Das Kreuz hatte gewonnen. Ich hatte richtig getippt. Es hatte das junge Mädchen nicht so erwischt wie bei einem normalen Werwolf-Angriff. Es gab den Trank, und der war wesentlich schwächer gewesen. Meiner Ansicht nach hatte er nur so etwas wie einen Anstoß gegeben. Der zweite Versuch wäre anders verlaufen. Dann wäre die Wirkung des Tranks voll durchgeschlagen.

So aber konnten wir Lucy als gerettet ansehen. Trotzdem ging es ihr nicht gut. Sie hing noch immer in Sukos Griff und bewegte auch ihre Lippen. Was sie von sich gab, war für uns nicht zu verstehen, weil sie einfach zu leise sprach.

»Lucy…?«

Sie schüttelte den Kopf.

»Bitte, Lucy, schau mich an.«

Sie hatte meine Worte gehört. Ich brauchte nicht mal nachzuhelfen, denn langsam hob sie den Kopf, und ich wartete dabei auf den Ausdruck ihrer Augen.

Hatten sie sich verändert? Oder steckte in ihnen noch immer das kalte Feuer?

Meine Spannung ließ kurze Zeit später nach und schuf einem Lächeln Platz.

Lucy hatte es geschafft. Mein Kreuz hatte bei ihr wie ein Wundermittel gewirkt. Nicht nur die verdammten Fellhaare waren zerstört worden, auch die Kälte und die damit verbundene gelbe Raubtierfarbe war aus ihren Augen verschwunden.

Gerettet!

Wir hatten Lucy tatsächlich retten können, und das waren Momente, die uns ein gutes Gefühl gaben. In dieser Zeit merkten wir, dass der Kampf gegen die Mächte der Finsternis doch nicht ganz umsonst war, auch wenn es uns manchmal so vorkam, denn wir hatten oft genug das Gegenteil von dem erlebt. Da waren wir zu spät gekommen und hatten einen Menschen nicht vor seinem Tod bewahren können.

»Wer sind Sie?«, fragte Lucy.

Diese schlichte Frage bewies mir, dass Lucy King wieder völlig in Ordnung war.

»Ich heiße John Sinclair.«

»Ja, ich bin ...«

»Ich weiß, wer du bist.«

»Ha.« Sie lachte leise, drehte den Kopf, wollte ihre Arme hinter dem Rücken hervorbringen und stellte fest, dass es nicht ging. Sie begriff sehr schnell, das sah ich in ihren Augen. Bevor sie allerdings etwas sagen konnte, hatte ich meinem Freund Suko schon zugenickt.

Er verstand die Geste und befreite Lucy von den Handschellen. Sie war noch immer recht fassungslos. Ihr Blick glitt von einem zu anderen, und dann schaute sie sich auch die Umgebung an. Sie schien nicht so recht zu wissen, wie sie in den Wald gekommen war. Das bewies auch ihre Frage.

»Wo bin ich hier?«

Diesmal erklärte es ihr Suko. Und sie erfuhr auch zugleich seinen Namen.

»Ja, ja, den Wald kenne ich.«

»Um so besser, Lucy. Weißt du auch, was mit dir passiert ist? Und warum wir hier beisammenstehen?«

Nein, das wusste sie nicht. Zumindest nicht genau. Wir sahen es auch ihrem Gesicht an, auf dem sich eine gewisse Verständnislosigkeit abmalte. »Tut mir Leid, aber ...«

»Und du hast auch nichts von einem Werwolf und von einem Wolfstrank gehört?«

Es waren zwei Begriffe in dem Satz vorhanden, die sie zum Nachdenken brachten.

Dabei drehte sie sich auf der Stelle und blickte sich um. Ich war ja froh darüber, dass sie Vertrauen zu uns gefunden hatte, und sie deutete schließlich so etwas wie ein Nicken an.

»Ja«, bestätigte sie, »so etwas Ähnliches habe ich gehört. Ich weiß aber nicht, ob ich es nur geträumt habe oder ...«, sie musste einfach lachen. »Das ist alles so anders. Mein Leben stellte sich auf den Kopf. Ich weiß es auch nicht und ...«

»Es gibt eine Hütte im Wald«, sagte ich.

»Die kenne ich.«

»Dann weißt du genau, wo sie sich befindet?«

»Ja. Ich war oft hier. Ich kenne auch diesen Platz mit den umgekippten Bäumen.«

Das gefiel mir bisher alles sehr gut. »Und was ist mit deiner Großmutter?«

Das letzte Wort erschreckte sie. »Wie ... wie ... kommen Sie auf meine Großmutter zu sprechen?«

»Wir suchen sie«, sagte Suko.

Das begriff Lucy noch immer nicht. »Hier im Wald? Nein, das ist unmöglich. Sie ist nie ohne Grund in den Wald gegangen. Manchmal sammelte sie Pilze, aber das nur im Herbst. Bitte, tut mir Leid, aber ich kann euch nicht helfen.«

»Du hast sie nicht gesehen?«

Suko hatte die Frage gestellt und Lucy dabei scharf angeschaut. Auch er wollte erfahren, an was sich das Mädchen noch alles erinnerte. Lucy grübelte nach. Sie gab sich wirklich Mühe, das war ihr anzusehen. »Ja, der ferne Traum ...«

»Welcher Traum?«

»Vielleicht war es auch kein Traum. Ich weiß das alles nicht so genau, wenn Sie ... ich meine ...«

»Was hast du denn erlebt in deinem Traum? Kam deine Großmutter darin vor?«

»Wir waren in der Hütte im Wald. Es gibt sie schon länger. Das weiß ich.«

»Ist dir denn auch bekannt, wer sie gebaut hat?«, hakte Suko nach.

»Ja, Gordon.«

»Sehr gut. Was ist er für ein Mensch?«

»Einer, der nichts mehr mit der Welt zu tun haben will. Er hat sich zurückgezogen. Er lebt als Einsiedler im Wald. Er tut keinem etwas. Er will nur seine Ruhe haben.«

»Auch im Winter?«

»Das weiß ich nicht.«

»Wie lange kennst du ihn denn?«

Lucy hob ihre schmalen Schultern an. »Ein paar Wochen, bestimmt nicht länger. Ich hatte auch nie Angst vor ihm, deshalb ließ ich mir seine Hütte zeigen.«

»Kannst du ihn beschreiben?«

Lucy wunderte sich über die Frage, das war ihr anzumerken, aber sie sprach es nicht aus. »Er ist ein großer Mann mit halblangen Haaren. Er sieht nicht aus wie jemand, der immer im Wald lebt und alles vergisst. Er ist einfach... ja, er ist toll. Er weiß so viel. Er hat mich über die Pflanzen und Tiere aufgeklärt, und er hat mir auch von den anderen Daseinsformen berichtet. Genau so hat er es genannt. Er redete von Kreaturen, die es schon immer gab, die allerdings von den Menschen nicht ernst genommen wurden, obwohl sie sich vor ihnen fürchteten, wenn die Sprache auf sie kam.« Als sie weitersprach, wurden ihre Augen noch größer. »Gordon hat an sie geglaubt. Er wusste genau Bescheid. Es war ihm klar, dass alle Geschichten und Legenden einen wahren Kern besitzen. Er liebte die Kreaturen, und er war der Meinung, dass sie sehr menschlich sind.«

»Was wollte er denn von ihnen?«

»Nichts. Nur dass die Menschen daran glaubten.«

»Hast du es getan?«

Lucy zuckte die Achseln. »Weiß nicht. Irgendwie habe ich mich nicht getraut. Ich hatte auch Angst vor ihnen. Aber er sagte mir, dass man es nicht zu haben braucht. Wenn man ihnen gegenübersteht, sind sie wunderbar.«

Ich musste innerlich lächeln. Dieser Gordon hatte es verdammt geschickt angestellt. Eine raffinierte Vorbereitung, um an sein Ziel zu gelangen.

»Du kennst den Weg zur Hütte?«, fragte ich.

Lucy nickte. »Ja, jetzt erinnere ich mich wieder daran.«

»Dann wirst du uns führen.«

In ihr wohnte kein Argwohn, als sie fragte: »Wollt ihr denn auch mit Gordon sprechen?«

»Gern«, erwiderte ich. Und mit deiner Großmutter, fügte ich in Gedanken hinzu ...

Er war ein Riese, ein Mächtiger, ein Geschöpf, das die Hütte nur geduckt betreten konnte und auch später den Kopf einziehen musste, um nicht gegen die primitive Decke zu stoßen.

Marlene King saß auf dem Boden. Der Keim wütete in ihr. Sie fror und schwitzte zugleich. Sie dachte daran, dass er ihr auch vielleicht deshalb nur so groß vorkam, weil sie selbst saß und sich nicht bewegte.

Er aber blieb in der Hütte stehen. Langsam nur drehte er sich um, weil er sie anschauen wollte. In der Nacht hatte sie ihn nicht genau gesehen oder nicht so deutlich, aber in der Nähe sah er ganz anders aus.

Er war kein Wolf mehr.

Aber auch kein Mensch!

Das musste sie sich immer bei dieser Gestalt vor Augen halten, die keine Kleidung trug, sondern nackt war und einen menschlichen Körper mit Armen und Beinen besaß. Allerdings sah sie keine Haut, denn auf dem Körper wuchsen die Haare wie ein dichter Pelz. Es gab kein Durchkommen, keine Durchsicht. Kein Flecken Haut war zu sehen, dafür das Gesicht.

Und das passte zu einem Monster!

Wäre Marlene noch ein »normaler« Mensch gewesen, so hätte sie sicherlich versucht, schreiend davonzulaufen. Aber sie war kein Mensch, sie stand unter der Droge des Tranks und sah alles aus einem engen Blickwinkel.

Der Kopf sah schlimm aus.

Ein Gesicht, das Tierisches und Menschliches vereinte. Kein Mund, sondern ein breites Maul mit drei

spitzen Reißzähnen im Oberkiefer. Das Maul nahm so gut wie die Hälfte des Gesichts ein, sodass der andere Teil sehr gedrungen wirkte mit der dicken, klumpigen Nase und den relativ schmalen Augen. Die Haut war nicht mit diesem dunklen Fell bewachsen, sie schimmerte heller, aber sie wies Risse und Furchen auf, als wäre dort mit einem Messer hineingeschnitten worden.

Gordon bückte sich so weit hinunter, dass er Platz auf einem Baumstumpf fand. Er saß der Frau jetzt direkt gegenüber. Wenn sie ihn nicht anschauen wollte, musste sie die Augen schließen, was sie allerdings nicht tat. Sie starrte in sein Gesicht und spürte dabei auch keine Furcht. Es war alles okay, denn sie merkte, dass es zwischen ihnen eine gewisse Seelenverwandtschaft gab.

Marlene wusste nicht, ob die Kreatur reden konnte wie ein normaler Mensch, aber sie startete einen Versuch und fragte mit halblauter Stimme: »Wer bist du?«

»Gordon!«

Ja, er konnte sprechen. Er hatte ihr sogar eine Antwort gegeben, über die sie zunächst nachdenken musste. Der Name war ihr nicht fremd. Sie hatte ihn schon gehört, doch ihr fiel nicht ein, in welchem Zusammenhang.

»Gordon«, wiederholte sie. Dabei fiel es ihr wie Schuppen von den Augen. Urplötzlich wusste sie Bescheid. Es war ihr alles klar. Es gab nur einen Gordon, den sie kannte. Und das war der Einsiedler aus dem Wald, von dem auch Lucy berichtet hatte.

»Du kennst mich?«

»Inzwischen schon.«

»Das ist gut. Das ist sogar sehr gut ...«

Marlene verstand jedes Wort, auch wenn sie dabei Mühe hatte, denn Gordon quetschte seine Antworten nur so hervor. Da musste sie sich schon sehr konzentrieren, um nichts Falsches zu verstehen.

»Ich habe den Weg gefunden. Ich bin die Brücke zwischen Mensch und Wolf. Ich weiß genau, wie man in diesen Zustand hineingeraten kann, ohne die normalen Menschen beißen zu müssen. Denn ich habe den Trank erfunden, ich habe ihn gemixt. Es ist so etwas wie ein Elixier der Wahrheit. Er hat die Brücke zwischen den Menschen und den Wölfen geschlagen, verstehst du?«

»Nein, nicht wirklich.«

»Dann will ich es dir sagen!«, erklärte er mit einem leichten Röhren in der Stimme. »Es gibt eine mächtige Person, die auf den Namen Morgana hört. Leider ist sie im Moment nicht so mächtig, weil man sie gefangen hält. Aber sie schafft es hin und wieder, Botschaften aus ihrer Gefangenschaft in die Welt zu schicken. Das verfluchte Vampirreich kann gar nicht dicht genug sein. Und eine Botschaft hat mich erreicht, und ich habe gehandelt. Das Blut der Wölfin, mit dem Segen des Götterswolfs Fenris versehen, geriet in meinen Besitz. Und ich habe es als wichtigste Grundlage für den Trank genommen, den ich braute. Es war alles darin enthalten, was sein musste, um den Keim weiterzugeben. So wird jeder, der ihn zu sich nimmt, allmählich zu einer Kreatur zwischen Mensch und Wolf. Es ist eine sehr langsame Verwandlung, man darf nicht ungeduldig sein. Sie geht in Etappen vor sich, aber bei dir und auch bei deiner Enkelin ist der Anfang gemacht worden. In euren Körper floss mein Trank, und ihr werdet bald zu mir gehören und es nicht abwarten können, bis sich der Vollmond wieder am

Himmel zeigt. So ist es auch mit meinem ersten neuen Freund Morton geschehen. Er hat die Herrlichkeit bereits gespürt und ist in den Nächten unterwegs. Ihr werdet die Nächsten sein. Dabei wollte ich nur deine Enkelin haben, aber du bist mir in die Quere gekommen. Jetzt wirst du beim nächsten Vollmond, der noch in dieser Nacht am Himmel strahlt, in meine Welt für immer und ewig eintreten.«

Marlene hatte alles gehört, vieles verstanden, aber recht wenig begriffen. Ihr war nur klar, dass sich ihr Leben seit diesem Tag von Grund auf geändert hatte, daran gab es nichts mehr zu deuteln, denn sie hatte von der Mixtur getrunken. Sie war schon so sehr davon beeinflusst, dass sie nicht einmal Furcht verspürte und sich der anderen Person nahe lethargisch hingab.

Gordon beugte sich ihr entgegen. Er streckte dabei die Arme vor. Zum ersten Mal sah Marlene die Hände, die diesen Namen nicht verdienten. Was einmal Hände gewesen waren, hatte sich in Pranken verwandelt. Sie sah auch keine Finger unter dem Fell, dessen Oberfläche schwarz schimmerte.

Er sah sie an.

Seine Augen leuchteten noch nicht so stark. Die gelbe Farbe hielt sich etwas zurück, aber die Bosheit darin war nicht zu übersehen. Es war ein kalter und auch ein grausamer Blick, und die Hände umfassten plötzlich die Schultern.

Unter dem dichten Fell bewegten sich tatsächlich Finger. Sie wanderten über die Schultern der Frau hinweg, um sich von zwei verschiedenen Seiten ihrem Hals zu nähern.

Dicht vor ihrem Gesicht hörte sie die Kreatur atmen. Wobei das Atmen mehr einem heftigen Keuchen glich.

Etwas Warmes fuhr von vorn her gegen ihr Gesicht und drang auch durch ihren offenen Mund bis tief in die Kehle hinein.

Er wollte ihr seinen Geist einhauchen. Sein Gesicht bewegte sich dicht vor ihrem, und eine klebrig feuchte Zunge fuhr dabei über ihre Wangen hinweg.

Marlene hörte ihn wieder sprechen. Abermals musste sie sich anstrengen, um ihn verstehen zu können. »Wir werden gemeinsam in der Nacht den Segen des Vollmonds empfangen, das verspreche ich dir. Ich werde dich ebenso zu meiner Braut machen wie deine Enkelin. Du wirst die neue Kraft kennen lernen, die allem anderen überlegen ist. Wenn der Mond sein Licht verschickt, bist du stark, ganz stark ...«

Marlene King hörte die Worte, aber sie wurden von ihr nicht voll erfasst. Sie saß auf dem Boden und hatte Glück, eine Stütze im Rücken zu haben.

»Du bist die Zweite. Lucy die Dritte. Und auch ihr werdet euch Menschen suchen, um den Keim weiterzugeben. Es läuft alles so, wie es Morgana gewollt hat, auch wenn sie noch in der Vampirwelt gefangen ist. Aber es kann sein, dass wir gemeinsam stark genug sind, um sie zu befreien. Das wird sich ergeben und ...«

Er stoppte mitten im Satz!

Plötzlich schien das normale Leben in der Hütte völlig erstarrt zu sein.

Auch Marlene kam sich vor wie eine Gefangene ohne Fessel. Sie bewegte sich nicht, während sich der Werwolf von ihr langsam zurückzog, aber noch nicht auf die Beine kam.

Er blieb in der gebückten Haltung und hatte seine vorgestreckten Hände auf den Boden gedrückt. So sah er aus, als könnte er sich jeden Moment abstoßen.

Sein Blick war nicht mehr ruhig. Er irrlichterte von einer Seite zur anderen. In seine gelben Augen trat ein Flackern, das einfach nicht verschwinden wollte. Auch dann nicht, als einige Sekunden verstrichen waren.

Marlene King begriff das Verhalten der Kreatur nicht. Sie konnte sich allerdings vorstellen, dass er eine Gefahr gewittert hatte und nun auf der Lauer lag.

»Jemand ist da...«, zischte er.

»Wer?«

»Ein Feind.«

»Kennst du ihn?«

»Nein, aber ich spüre ihn. Er ist in der Nähe. Ich weiß es. Ich habe von ihm gehört über Morgana. Sie wusste sehr genau, vor wem ich mich in dieser Welt in Acht nehmen muss.«

Für Marlene King hatte die Kreatur in Rätseln gesprochen. Sie war auch nicht mehr wichtig für den Werwolf, der sich drehte und mit einem Griff den Kolben mit dem Trank an sich genommen hatte. Er war sehr wichtig für ihn.

Sie konnte nicht mehr an sich halten. »Was ist los? Was hast du jetzt vor?«

»Sei still!«

Marlene schwieg. Aber ihr Gegenüber hatte sich nicht beruhigt. Nach wie vor stand er unter gewaltigem Druck. Er sah aus wie jemand, der nicht genau wusste, welche Entscheidung er nun treffen sollte.

Den Trank hielt er fest. Eine Pranke umschloss den Hals sehr hart.

Sein Verhalten änderte sich von Sekunde zu Sekunde. Er wurde immer hektischer, und aus seinem Mund drang ständig ein scharfes Zischen. Es war kaum zu fassen, aber Marlene King erlebte, dass auch eine Kreatur wie Gordon Furcht haben konnte.

»Sie sind da. Sehr nah sogar. Ich ... ich ...«

Es waren seine letzten Worte. Ihn hielt nichts mehr. Er brauchte nicht mal Anlauf zu nehmen. Mit zwei Sprüngen hatte er die Decke erreicht und brach hindurch wie ein riesiger Gorilla ...

Wir hatten uns tatsächlich auf Lucy King verlassen können. Sie spielte nicht mehr falsch. Es war ihr auch nicht möglich, denn mein Kreuz hatte ihr den Keim entrissen. Nur sah sie noch immer aus wie jemand, der nicht begreifen konnte, was mit ihm eigentlich ablief. Bestimmt würde sie noch lange darüber nachdenken, auch zusammen mit ihrer Großmutter, die wir zu retten hofften.

Ich hatte schon mit Suko abgesprochen, dass uns Lucy nicht bis an die Hütte begleiten sollte. Es war einfach zu gefährlich für sie, denn niemand konnte wissen, wie sich die Bestie verhielt. Lucy war auch damit einverstanden und blieb im Schutz einer alten Birke zurück.

Wir hatten ihr versprochen, uns auch um ihre Großmutter zu kümmern, dann waren wir die letzten Meter bis zum Ziel gelaufen. Beide wollten wir kaum glauben, was wir sahen. In der tiefsten Stelle des Waldes stand tatsächlich eine Hütte.

Es war keine Blockhütte, auch wenn sie in ihrem unteren Teil aus geschälten Stammteilen errichtet worden war. Der Erbauer hatte sich einzig und allein auf die Materialien des Waldes verlassen und ein Dach aus Zweigen, Ästen und Blättern errichtet.

Suko zeigte mir, wie man sich anschleicht. Er tauchte plötzlich weg und schien in den Boden eingedrungen zu sein. Dabei glitt er nur über ihn hinweg und nutzte

Strauchwerk sowie hohes Gras als Deckung aus. Ich tat es ihm nach und erreichte ihn wenig später. Da hockte er bereits an der Hüttenwand und legte seinen Zeigefinger auf die Lippen. Die Holzbalken schlossen längst nicht dicht. Die Zwischenräume waren nur zum Teil mit Moos oder Gras abgedichtet worden, so dass Lücken vorhanden waren, durch die wir hätten schauen können, wenn es nicht so finster gewesen wäre.

Im Innern der Hütte war nichts zu erkennen, aber etwas zu hören.

Eine Stimme!

Sie gehörte einem Mann, aber sie klang verstellt, und es hörte sich an, als hätte der Mann große Mühe, seine Sätze hervorzubringen.

Wir mussten uns schon anstrengen, um ihn genau verstehen zu können. Als heimliche Lauscher erfuhren wir einiges, und plötzlich öffnete sich uns der gesamte Fall.

Als der Name Morgana fiel, tauschten wir Blicke, denn jetzt wussten wir beide Bescheid. Sie, die noch Gefangene, schien ihre Rückkehr vorzubereiten, und sie hatte auch einen willfährigen Diener gefunden, eben diesen Gordon.

Suko schaute gegen die Außenwand. Er suchte eine Lücke, fand sie auch, konnte jedoch nichts erkennen, da sich die Dämmerung im Innern ausbreitete.

Eine Frau gab es dort ebenfalls. Es musste die Großmutter der jungen Lucy sein.

Aber die Stimmung in der Hütte änderte sich plötzlich. Die Sicherheit der Kreatur verschwand von einem Augenblick zum anderen. Wir hörten auch keine Worte mehr. Alles war anders geworden. Suko und ich zogen uns etwas zurück, damit wir mehr Platz hatten.

Dann sprach die Kreatur wieder. Es wurde sogar indirekt über mich geredet, und wieder fiel der Name Morgana.

Wir richteten uns auf.

Ich deutete mit der rechten Hand auf die Eingangstür. Zugleich zog ich meine Beretta.

Suko verließ sich da auf eine andere Waffe. Er schlug mit der Dämonenpeitsche den Kreis über den Boden, und die drei Riemen rutschten hervor.

»Alles klar?«, fragte ich.

»Du kannst!«

Ja, ich konnte, aber ich schaffte es nicht, denn es kam alles anders. Plötzlich brach das Dach der Hütte auf, wir hörten noch ein mächtiges Brüllen, und einen Moment später jagte eine monströse und Grauen erregende Gestalt aus dem Dach...

Zum ersten Mal bekamen wir Gordon zu Gesicht. Aber wir sahen ihn nicht so überdeutlich, denn der Sprung in die Höhe hatte das Dach nicht nur zerrissen, sondern auch all die Teile in die Luft geschleudert, aus denen es geschaffen war.

Zweige und Äste. Dicke Klumpen aus Moos. Alles regnete zuerst in die Höhe, bevor es dann in Massen zu Boden fiel. Ich wusste nicht, ob er uns gesehen hatte, aber er hatte sich ein bestimmtes Ziel ausgesucht und erreichte es auch.

Es war ein Laubbaum mit starken Ästen, in den ihn der Sprung hineinbrachte. Ein Mensch hätte sich da schon von einem Trampolin abstoßen müssen, doch er schaffte es auch so, wie ein Rammbock in den Blätterwald zu rauschen.

Plötzlich war er weg!

Weder war ich dazu gekommen, einen Schuss abzufeuern, noch hatte Suko Gelegenheit gehabt, die Peitsche einzusetzen. Gut, wir hatten uns vielleicht zu sehr überraschen lassen, aber so etwas ist nun mal menschlich. Jetzt steckte er im Baum, und das dichte Blattwerk bot ihm einen guten Schutz. Für eine kurze Zeitspanne war er völlig verschwunden, und trotzdem konnten wir seinen Weg weiter verfolgen, denn das sahen wir an den hektischen Bewegungen der Blätter.

Sein Weg führte ihn nach oben ...

Ich zielte und schoss.

Die Kugel verschwand im Laub, ob ich getroffen hatte, wusste ich nicht. Jedenfalls fiel er nicht aus dem Baum hervor zu Boden, aber wir konnten seinen Weg auch weiterhin verfolgen, denn er kletterte noch höher.

Plötzlich hatte er den Baum verlassen. Er war in einen anderen gesprungen. Sein volles Gewicht hatte er hineingeworfen, und dieser Baum besaß nicht die Stärke des ersten. Seine Zweige waren noch jung. Auch die Äste hielten dem Gewicht nicht stand. Sie bogen sich, sie knackten, und plötzlich sahen wir ihn wieder.

Er fiel!

Mit einem dumpfen Aufschlag landete er auf dem weichen Boden. Zugleich hörten wir den hellen Schrei.

Nicht Marlene King hatte den Schrei ausgestoßen, sondern ihre Enkelin Lucy. Warum war das Kind nicht in seiner Deckung geblieben? Es war müßig, sich die Frage zu stellen. Womöglich hatte Lucy Panik bekommen. Sie rannte einfach los und achtete nicht darauf, wohin sie lief. So führte ihr Weg geradewegs auf den geduckt laufenden und flüchtenden Werwolf zu.

Das Monstrum ruderte mit beiden Armen und richtete sich hoch auf. Wir sahen, dass es in der rechten Pranke ein Gefäß hielt, ohne erkennen zu können, warum es das Ding mitgenommen hatte. Jedenfalls wollte es sich das Mädchen als Geisel nehmen. Für mich gab es keinen anderen Sinn.

»Lucy, weg!«, brüllte ich.

Ob sie mich gehört und auch verstanden hatte, war nicht klar. Jedenfalls rannte sie weiter.

Für einen gezielten Schuss war das Licht zu schlecht. Trotzdem wollte ich abdrücken. Vielleicht hatte ich ja Glück.

Jemand kam mir zuvor.

Suko war gestartet. Auch er konnte die Kreatur so leicht nicht einholen, doch er besaß einen Trumpf, den ich leider nicht in meiner Hand hielt. Es war der Stab des Buddha. Seine Magie half in diesem Moment uns allen.

Oder fast allen, denn Suko brüllte so laut er konnte nur ein einziges Wort.

»Topar!«

Die kleine Welt in Rufweite stand plötzlich still. Niemand bewegte sich mehr, abgesehen von einer einzigen Person, und das war mein Freund Suko.

Er hatte fünf Sekunden Zeit, um die Lage zu kippen. Schon oft hatte er uns in letzter Sekunde gerettet. Ich konnte nur hoffen, dass es auch in diesem Fall so war.

Suko beeilte sich, denn fünf Sekunden können verdammt schnell vorbeigehen. Auch hier lief die Zeit nicht langsamer, und er hatte auch gesehen, wie dicht das Monster und Lucy schon zusammen waren. Da half nur eine Radikalkur.

Es hätte möglicherweise geklappt, wenn wir uns auf einem anderen Untergrund befunden hätten. Aber dieser Boden war nicht nur uneben, sondern auch glatt.

Beides wurde Suko zum Verhängnis. Obwohl ich mich nicht bewegen konnte, wurde ich Zeuge, wie Suko im Sprint ausrutschte und plötzlich einen Salto schlug.

Das sah lustig aus, auch wenn es in diesem Fall nicht lustig war. Ich bekam alles hautnah mit, obwohl ich mich selbst nicht bewegen konnte. Mit Schrecken sah ich, wie mein Freund Suko plötzlich aus der Luft nach unten gerissen wurde und aufschlug. Wo genau, das war nicht zu erkennen, jedenfalls konnte die Stelle nicht günstig sein, denn er war plötzlich verschwunden.

Die Zeit war um.

Ich verlor meine Starre, aber leider auch die beiden anderen. Nur Suko tauchte nicht mehr auf. Darüber dachte ich nicht nach, denn ich rannte weiter, um den Werwolf zu stoppen.

Das brauchte ich nicht.

Er stoppte von allein!

Zuerst glaubte ich, mich geirrt zu haben. Er lief tatsächlich nicht weiter, und Lucy warf sich einfach zu Boden.

Ich rechnete damit, dass sich der Werwolf mich als neuen Gegner ausgesucht hatte, auch das traf nicht zu, denn er tat etwas ganz anderes. Er setzte das Ende des Gefäßes gegen sein Maul und ließ vor meinen Augen die Flüssigkeit in seine Kehle rinnen. Den Grund dafür kannte ich nicht. Möglicherweise wollte er noch stärker werden, aber das alles würde ich noch erleben.

Er warf das leere Gefäß weg.

Dann schaute er mich an.

Ich hatte die Entfernung zwischen uns bereits verkürzt. In der Tat hatte ich den Eindruck, dass vor mir ein riesiger Gorilla stand, der sich noch mehr aufplusterte.

Ich blieb stehen.

Danach nahm ich die Combat-Haltung ein.

Jetzt konnte er meinen Kugeln nicht mehr entwischen, und ich blieb eiskalt.

Trotzdem erlebte ich die nächste Überraschung, aber die hing mit der Bestie zusammen. Sie schleuderte den Kopf in den Nacken, sie riss ihre Schnauze weit, weit auf, und ein furchtbarer Schrei jagte in den Himmel. Zugleich löste sich etwas aus der Schnauze, das aussah wie eine Fahne, aber Bruchteile von Sekunden später Feuer gefangen hatte. Ich kannte den Grund nicht. Das konnte nicht einfach nur ein Zufall sein, doch als er sich zur Seite drehte, da sah ich in seinem Kopf das kleine Loch, das meine geweihte Silberkugel beim ersten Schuss hinterlassen hatte.

Im Nu stand der Kopf der Kreatur in Flammen. Der Grund war mir unbekannt. Ich konnte nur darüber rätseln. Wahrscheinlich hatten sich die geweihte Silberkugel und die große Menge des Tranks nicht vertragen, und so war es zu dieser Reaktion gekommen.

Jedenfalls brannte die Horror-Gestalt lichterloh. Sie stand vor mir wie auf dem Präsentierteller. Ich löste mich allmählich aus meiner Combat-Haltung, entspannte mich, ließ aber die in Flammen stehende Kreatur nicht aus den Augen.

Der Werwolf brüllte.

Er schrie seine Angst und seine Schmerzen hinaus, während er zugleich seinen Körper hektisch bewegte und ihn dabei immer wieder von einer Seite zur ande-

ren schleuderte, ohne den Flammen entwischen zu können.

Aus dem Brüllen formten sich Wörter. »Morgana! Morgana! Was hast du mir versprochen? Ich habe alles versucht! Warum hilfst du mir denn nicht?«

Sie gab keine Antwort. Auch ich hielt mich zurück, denn seine Niederlage war auch indirekt eine meiner alten »Freundin« Morgana Layton.

Allerdings hatte sie schon wieder versucht, ihre Fäden zu ziehen. Nur hatte sie sich diesmal den Falschen ausgesucht, und sie hatte auch die Wirkung des Tranks überschätzt.

Das Feuer war gierig. Jede einzelne Flamme schien ihn auffressen zu wollen. Ich schaute zu, wie der Körper, innerhalb des Flammenmantels regelrecht zusammenschmolz, um dann als Rest in weichem Boden zu versickern. Das Ende eines Werwolfs. Ich konnte nicht behaupten, unzufrieden zu sein...

Manchmal hatte auch Suko Pech. Er war so unglücklich gefallen und mit dem Kopf gegen eine Bodenwurzel gerammt, das er noch benommen auf dem Boden lag, als ich zu ihm gelangte. Aber ich sah, dass er allein zurechtkam, sich noch über sich selbst ärgerte, und so kümmerte ich mich um die Großmutter samt Enkelin.

Auch Marlene wurde gerettet. Oder zurück in einen normalen Menschen »verwandelt«. Dabei half mir das Kreuz. Ich war froh, als sich die beiden Kings in den Armen lagen.

Über Handy rief ich Sir James Powell an. Von ihm erfuhr ich, dass es in diesem Fall zu guter Letzt doch noch einen Wermutstropfen gab. Cedric Morton hatte

sein Schicksal nicht mehr verkraftet und in der Zelle Selbstmord begangen. Er hatte sich mit den eigenen Händen selbst erstickt. Als ich das erfuhr, bildete sich eine Gänsehaut auf meinem Körper, aber damit war der Fall auch endgültig abgeschlossen...

ENDE

Sehr geehrte Leserin, sehr geehrter Leser,

Falls Ihr Buchhändler die ________________ -Taschenbücher nicht regelmäßig führt, bietet Ihnen die ROMANTRUHE in Kerpen-Türnich mit diesem Bestellschein die Möglichkeit, diese Taschenbuch-Reihe zu abonnieren.

Hiermit bestelle ich bis auf Widerruf bei ROMANTRUHE,
Röntgenstr. 79, 50169 Kerpen-Türnich, Tel-Nr. 02237/92496,
Fax-Nr. 02237/924970 oder Internet: www.Romantruhe.de

die ________________ zum Preis von ______ für _____ Ausgaben.

Die Zusendung erfolgt jeweils zum Erscheinungstag. Kündigung jederzeit möglich. Auslandsabonnement (Europa/Übersee) plusDM 1,00 Porto pro Ausgabe.

Zahlungsart: (❑ jährlich (❑ 1/2 jährlich (❑ 1/4 jährlich
(❑ monatlich (nur bei Bankeinzug)

Bezahlung per Bankeinzug bei allen Zahlungsarten möglich.

Bitte Geburtsdatum angeben: ___ / ___ / 19 ___

Name und Ort der Bank: ______________________________

Konto-Nr.: __________________ Bankleitzahl: ________________

Name: ________________________ Vorname: ________________

Straße: ________________________________ Nr. : __________

PLZ/Wohnort ____________________________________

Unterschrift ________________________ Datum: ____________

(bei Minderjährigen des Erziehungsberechtigten)

Die Bestellung wird erst wirksam, wenn sie nicht innerhalb von zwei Wochen ab dem auf die Aushändigung dieser Belehrung folgenden Tag schriftlich(zweckmäßigerweise per Einschreiben bei: Romantruhe, Röntgenstr. 79, 50169 Kerpen-Türnich) widerrufen wird. Zur Wahrung der Frist genügt die rechtzeitige Absendung des Widerrufs. Dies bestätige ich mit meiner

2. Unterschrift:________________________ Datum: ____________

Wenn Sie das Buch nicht zerschneiden möchten, können Sie die Bestellung natürlich auch gerne auf eine Postkarte schreiben.